MUITO BARULHO POR NADA

Título original: *Much Ado About Nothing*
Copyright da atualização © Editora Lafonte Ltda. 2023

Todos os direitos reservados.
Nenhuma parte deste livro pode ser reproduzida por quaisquer meios existentes sem autorização por escrito dos editores e detentores dos direitos.

Direção Editorial *Ethel Santaella*

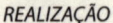

GrandeUrsa Comunicação

Direção	*Denise Gianoglio*
Tradução	*Otavio Albano*
Revisão	*Luciana Maria Sanches*
Projeto Gráfico e Diagramação	*Idée Arte e Comunicação*
Ilustração de capa	*Arte de Lorena Alejandra sobre gravura de H. C. Selous*

Dados Internacionais de Catalogação na Publicação (CIP)
(Câmara Brasileira do Livro, SP, Brasil)

```
Shakespeare, William, 1564-1616
   Muito barulho por nada / William Shakespeare ;
tradução Otavio Albano. -- São Paulo : Lafonte, 2023.

   Título original: Much ado about nothing
   ISBN 978-65-5870-497-3

   1. Teatro inglês I. Título.

23-173677                                    CDD-822.33
```

Índices para catálogo sistemático:

1. Teatro : Literatura inglesa   822.33

Cibele Maria Dias - Bibliotecária - CRB-8/9427

Editora Lafonte
Av. Profª Ida Kolb, 551, Casa Verde, CEP 02518-000, São Paulo-SP, Brasil – Tel.: [+55] 11 3855-2100
Atendimento ao leitor [+55] 11 3855-2216 / 11 3855-2213 – atendimento@editoralafonte.com.br
Venda de livros avulsos [+55] 11 3855-2216 – vendas@editoralafonte.com.br
Venda de livros no atacado [+55] 11 3855-2275 – atacado@escala.com.br

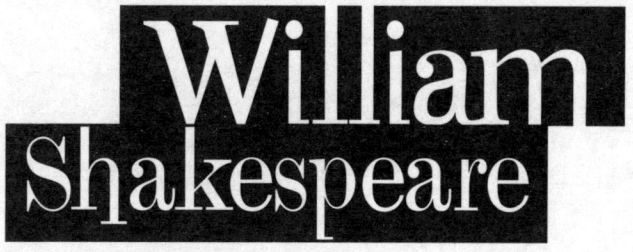

MUITO BARULHO POR NADA

Tradução Otavio Albano

Brasil, 2023

Lafonte

ÍNDICE

PERSONAGENS 6

PRIMEIRO ATO
CENA I 9
CENA II 25
CENA III 27

SEGUNDO ATO
CENA I 33
CENA II 53
CENA III 56

TERCEIRO ATO
CENA I 73
CENA II 79
CENA III 85
CENA IV 94
CENA V 100

QUARTO ATO
CENA I 105
CENA II 122

QUINTO ATO
CENA I 129
CENA II 145
CENA III 150
CENA IV 152

PERSONAGENS

DOM PEDRO, príncipe de Aragão

DOM JOÃO, irmão bastardo de Dom Pedro

CLÁUDIO, um jovem lorde de Florença

BENEDITO, um jovem lorde de Pádua

LEONATO, governador de Messina

ANTÔNIO, irmão de Leonato

BALTAZAR, cantor a serviço de Dom Pedro

CONRADO E BORRACHO, acompanhantes de Dom João

FREI FRANCISCO

CORNISO E VERGES, chefes da guarda local

PRIMEIRO VIGIA

SEGUNDO VIGIA

SACRISTÃO

PAJEM

LORDE

HERO, filha de Leonato

BEATRIZ, sobrinha de Leonato

MARGARETE E ÚRSULA, damas a serviço de Hero

MENSAGEIROS, MÚSICOS, VIGIAS, SERVIÇAIS etc.

CENÁRIO
CIDADE DE MESSINA (ITÁLIA).

PRIMEIRO ATO

CENA I

[*Entram Leonato, governador de Messina, Hero, sua filha, e Beatriz, sua sobrinha, acompanhados de um mensageiro.*]

LEONATO	Esta carta informa que Dom Pedro de Aragão chegará esta noite a Messina.
MENSAGEIRO	Ele já deve estar bem perto daqui. Quando o deixei, estava a menos de quinze quilômetros de distância.
LEONATO	Quantos homens vocês perderam nessa luta?
MENSAGEIRO	No geral, pouquíssimos. E nenhum de renome.
LEONATO	Uma vitória vale o dobro quando o vencedor volta para casa com todos os seus membros. Vejo aqui na carta que Dom Pedro conferiu altas honrarias a um jovem florentino chamado Cláudio.
MENSAGEIRO	Na verdade, bastante merecidas, e reconhecidas com justiça por Dom Pedro. Ele tem ido muito além das promessas de sua idade e, apesar da figura de cordeiro, tem feitos de leão, suplantando quaisquer

	expectativas, por mais altas que sejam. Tanto que não se pode esperar que eu relate com fidelidade tudo o que ele fez.
LEONATO	Ele tem um tio aqui em Messina, que certamente se alegrará muito com tais notícias.
MENSAGEIRO	Já lhe entreguei as cartas a ele endereçadas. E seu semblante expressou muita alegria — tanta que lhe faltou a marca da discrição, que se traduz em certa tristeza.
LEONATO	Ele irrompeu em lágrimas, por acaso?
MENSAGEIRO	Em grande quantidade.
LEONATO	Um excesso natural de bondade. Não há rosto mais verdadeiro do que um rosto assim lavado. É muito melhor chorar de alegria do que se alegrar com o choro!
BEATRIZ	Por favor, diga-me uma coisa: o *signior* Guerreiro já retornou das batalhas, ou ainda não?
MENSAGEIRO	Não conheci ninguém chamado assim, senhorita. Não havia nenhum soldado com esse nome, de nenhuma patente.
LEONATO	Quem é esse sujeito, minha sobrinha?
HERO	Minha prima quer dizer o *signior* Benedito, de Pádua.
MENSAGEIRO	Ah, sim, ele já está de volta, e continua simpático como sempre.

BEATRIZ — Ele espalhou anúncios aqui em Messina, desafiando Cupido para uma competição de arco e flecha. O bobo a serviço de meu tio, ao ler o anúncio, aceitou o desafio em nome de Cupido, propondo o uso de flechas cegas. Por favor, meu senhor: quantos ele matou e devorou nessas batalhas? Será que matou pelo menos um? Porque, na verdade, eu prometi comer todos aqueles que ele porventura matasse.

LEONATO — Palavra de honra, minha sobrinha, você já está passando da medida com esse tal *signior* Benedito. Mas estou certo de que ele não vai deixar por menos.

MENSAGEIRO — Cara senhorita, asseguro-lhe que ele foi um bom soldado nessas batalhas.

BEATRIZ — A comida do grupamento estava embolorada, e ele ajudou bastante, comendo-a toda. É um comilão de grande valor, com um excelente estômago.

MENSAGEIRO — Também luta muito bem, senhorita.

BEATRIZ — E também luta muito bem com as senhoritas. Mas é capaz de lutar com lordes?

MENSAGEIRO — Trata-se de um lorde diante dos lordes, um homem diante dos homens, cheio de honradas virtudes.

BEATRIZ	Realmente, é um homem cheio de si. Mas quanto às suas virtudes... Ora, somos todos mortais.
LEONATO	Não leve a mal os modos de minha sobrinha. Há uma espécie de guerra amigável entre o *signior* Benedito e ela. Eles nunca se encontram sem que haja algum tipo de rusga entre os dois.
BEATRIZ	Mas ele não ganha nada com isso. Em nosso último combate, quatro de suas cinco piadinhas erraram o alvo. Se antes ele era um homem íntegro, governado pelos cinco sentidos, agora só lhe resta um. Assim, se for capaz de esperteza suficiente para se manter aquecido, que isso baste para diferenciá-lo de seu cavalo, pois será tudo o que o fará ser reconhecido como criatura racional. Quem o está acompanhando agora? A cada mês, ele apresenta um novo irmão de armas.
MENSAGEIRO	Será possível?
BEATRIZ	Absolutamente. Ele troca a sua fidelidade como quem troca de chapéus, mudando de modelo conforme a moda.
MENSAGEIRO	Já percebi, cara senhorita, que o cavalheiro não está bem colocado na sua lista.
BEATRIZ	Não. Se estivesse, teria de queimar todas as minhas listas. Mas, por favor, diga: quem é seu atual companheiro? Não há nenhum

	jovem briguento capaz de aceitar ir com ele visitar o demônio?
MENSAGEIRO	Na maior parte do tempo, ele tem sido visto na companhia do correto e nobre Cláudio.
BEATRIZ	Ah, meu Deus, ele vai se agarrar no outro como uma doença. Ele é mais fácil de se pegar do que a peste, e o doente logo fica louco. Que Deus ajude o nobre Cláudio! Se foi contagiado com a doença de Benedito, ainda há de gastar mil libras antes de se ver curado.
MENSAGEIRO	Vou continuar sendo seu amigo, senhorita.
BEATRIZ	Faça isso, meu bom amigo.
LEONATO	Você nunca ficará louca, minha sobrinha.
BEATRIZ	Não; pelo menos, não até que faça calor no inverno.
MENSAGEIRO	Dom Pedro está chegando.

[*Entram Dom Pedro, Cláudio, Benedito, Baltazar e Dom João, o Bastardo.*]

DOM PEDRO	Meu bom *signior* Leonato, então o senhor está vindo procurar problemas? É costume no mundo todo evitar despesas, e o senhor vem ao encontro delas.
LEONATO	Nunca houve em minha casa qualquer problema parecido com sua graça, pois, assim que os problemas se vão, permanece

	o conforto. Mas, quando o senhor parte de minha morada, perdura sobre ela a tristeza, e a alegria se despede.
DOM PEDRO	O senhor abraça seus encargos com demasiada boa vontade. Imagino que esta seja a sua filha.
LEONATO	Foi o que me disse, inúmeras vezes, a mãe dela.
BENEDITO	Por acaso o senhor teve dúvidas a ponto de precisar perguntar?
LEONATO	Não, *signior* Benedito, pois, naquela época, o senhor ainda era uma criança.
DOM PEDRO	Ótima resposta, meu caro Benedito. Ao ouvi-la, somos capazes de adivinhar no que se transformou, depois de homem feito. Falando sério, a senhorita é a cara do pai. Fique muito feliz, senhorita, já que se parece muito com seu honrado pai.
BENEDITO	Se o *signior* Leonato é pai dela, nem por toda a Messina ela iria querer ter sobre os ombros sua cabeça de velho, por mais que se parecessem.
BEATRIZ	Fico imaginando o motivo de continuar falando, *signior* Benedito. Ninguém está prestando atenção ao que diz.
BENEDITO	Ora, minha cara Senhorita Desdém! Continua viva?
BEATRIZ	Seria possível que Desdém morresse, quando há tanta comida para alimentá-la,

especialmente vindo do *signior* Benedito? Até mesmo a Senhorita Cortesia acaba se convertendo em Desdém quando o senhor aparece em sua presença.

BENEDITO Mas, então, essa Cortesia é uma vira-casacas. Uma coisa é certa, porém: sou amado por todas as damas, e a senhorita é a única exceção à regra. E quem me dera não ter um coração duro, pois, na verdade, não amo nenhuma delas.

BEATRIZ O que é uma cara felicidade para as mulheres, já que, do contrário, elas seriam importunadas por um pernicioso pretendente. E, quanto a isso, agradeço a Deus e ao meu sangue frio, uma vez que sou da mesma natureza que o senhor, preferindo ouvir meu cachorro latindo para um corvo a ter de escutar juras de amor vindas de um homem.

BENEDITO Que Deus assim conserve a senhorita, com a mesma natureza de sempre, livrando um ou outro cavalheiro de seu destino — o de ter a cara arranhada.

BEATRIZ Se tal cavalheiro tivesse uma cara como a sua, arranhá-la não a tornaria mais feia.

BENEDITO Ora, ora, a senhorita daria uma excelente professora de papagaios.

BEATRIZ Uma ave que falasse como eu ainda seria melhor do que qualquer outro animal que falasse como o senhor.

BENEDITO	Quem me dera se meu cavalo fosse tão rápido quanto a sua língua, e com toda a sua constância. Mas, em nome de Deus, prossiga; eu paro por aqui.
BEATRIZ	O senhor sempre para do mesmo modo, desistindo no meio da corrida. Já o conheço há tempo demais.
DOM PEDRO	Em suma, isso é tudo, Leonato. *Signior* Cláudio e *signior* Benedito, o meu caro amigo Leonato os convida a todos. Disse-lhe que havemos de pousar aqui por, pelo menos, um mês, e ele, muito cordialmente, deseja que alguma circunstância acabe por nos deter por ainda mais tempo. Atrevo-me a jurar que não se trata de hipocrisia, ele fala de coração.
LEONATO	Meu senhor, se assim jura, não há de cometer perjúrio.

[*A Dom João*]

Aceite minhas boas-vindas, milorde. Visto que o senhor se reconciliou com o príncipe, seu irmão, coloco-me a seu inteiro dispor.

DOM JOÃO	Agradeço-lhe. Não sou homem de muitas palavras, mas lhe agradeço.
LEONATO	Por favor, sua graça, tome a frente.
DOM PEDRO	Dê-me sua mão, Leonato, e iremos juntos.

[*Saem todos, à exceção de Benedito e Cláudio.*]

CLÁUDIO Benedito, você chegou a reparar na filha do *signior* Leonato?

BENEDITO Não reparei, não. Apenas dei uma olhadela em sua figura.

CLÁUDIO Não lhe pareceu uma jovem modesta?

BENEDITO Está me fazendo perguntas como o faria um homem honesto, com a intenção de saber realmente o que penso dela? Ou prefere que eu fale como é meu costume, sendo um tirano confesso do sexo oposto?

CLÁUDIO Não, peço-lhe que me diga o que pensa dela, com toda a seriedade.

BENEDITO Ora, na verdade, ela me parece baixinha demais para altos elogios, morena demais para elogios claros, e pequena demais para grandes elogios. Contudo, a seu favor, devo dizer que, se ela fosse outra, e não ela mesma, seria feia; mas, já que não é outra, a não ser ela mesma, nao gosto dela.

CLÁUDIO Você acha que estou brincando! Por favor, diga-me com toda a sinceridade o que realmente pensa dela.

BENEDITO Por acaso gostaria de comprá-la e, por isso, faz-me tantas perguntas?

CLÁUDIO E o mundo seria capaz de comprar uma joia dessas?

BENEDITO	Sim, e também o cofre no qual guardá-la. Mas está falando sério? Ou está dando uma de pilantra, como se dissesse que o cego Cupido é um ótimo caçador de lebres e Vulcano, o ferreiro, é um excelente carpinteiro? Diga logo em que tom está cantando, para que eu possa acompanhá-lo na melodia.
CLÁUDIO	Aos meus olhos, ela é a senhorita mais doce que já vi.
BENEDITO	Ainda consigo enxergar sem óculos, e não vejo nada disso. Sua prima, se não estivesse constantemente possuída pela fúria, superaria em muito sua beleza, assim como o início da primavera em relação ao início do inverno. Porém imagino que você não tenha a intenção de se casar, ou tem?
CLÁUDIO	Se eu tivesse jurado o contrário, não seria mais capaz de confiar em mim, mesmo se Hero quisesse ser minha esposa.
BENEDITO	Chegamos a esse ponto? Palavra de honra, fico imaginando se o mundo não há de ver um homem sequer capaz de colocar o chapéu na cabeça sem desconfianças. Nunca mais vou encontrar um solteirão de sessenta anos? Imagino que esteja zombando de mim, ao dizer que está disposto a apertar o nó no pescoço, pois, se assim for, pode mostrar à vontade as marcas na jugular e dar adeus aos

domingos de liberdade. Olhe quem vem lá, Dom Pedro voltou para lhe falar.

[*Entra Dom Pedro.*]

Dom Pedro	Que segredo os manteve aqui, já que não nos seguiram até a casa de Leonato?
Benedito	Gostaria muito que sua graça me obrigasse a lhe contar.
Dom Pedro	Pois lhe obrigo a fazê-lo, em nome da lealdade que me tem.
Benedito	Conde Cláudio, preste atenção ao que acaba de ouvir. Poderia guardar segredo como um homem mudo, e faria com que assim acreditasse. No entanto, em virtude de meu juramento de lealdade — e notem os senhores que é apenas em razão de meu juramento — devo dizer: este aqui está apaixonado. E por quem? Ora, agora é sua graça que deveria falar. Mas note como sua resposta é curta: por Hero, a filha baixinha de Leonato.
Cláudio	Se assim fosse, assim teria dito.
Benedito	É como diz aquele velho conto, milorde: não é assim, mas também não foi assim. E Deus me livre que assim fosse.
Cláudio	Se minha paixão não mudar em breve, Deus me livre de assim não ser.
Dom Pedro	Amém se a ama, pois a dama é bastante merecedora de amor.

CLÁUDIO   O senhor fala assim, milorde, para me pegar em mentira.

DOM PEDRO   Juro dizer o que penso.

CLÁUDIO   Quanto a mim, milorde, dou-lhe minha palavra de que disse igualmente o que penso.

BENEDITO   Quanto a mim, fiz o mesmo, e lhes dou minha palavra e minha jura.

CLÁUDIO   Sinto que a amo.

DOM PEDRO   E eu sei que ela é merecedora desse amor.

BENEDITO   Eu, por minha vez, nem sinto que ela deva ser amada, tampouco de que ela seja merecedora de qualquer amor. Eis a minha opinião, que fogo nenhum seria capaz de dissolver, pois morreria na fogueira por não abrir mão dela.

DOM PEDRO   Você sempre foi um herético obstinado, sempre a ponto de menosprezar a beleza.

CLÁUDIO   E ele jamais conseguiria manter sua opinião, a não ser com muita força de vontade.

BENEDITO   Por uma mulher haver me concebido, tenho muito a lhe agradecer. E também sou humildemente grato por ela ter me criado. Entretanto, as mulheres vão me perdoar, pois não hei de portar chapéu de corno à vista do povo, tampouco andar encoleirado por todo canto. Por não querer ser injusto ao desconfiar de uma única mulher, prefiro me dar o direito de não confiar em nenhuma delas. Em suma, vou me dar ao luxo de viver sempre solteiro, e luxo ainda maior vai ser me vestir sempre muito bem.

Dom Pedro — Antes de morrer, ainda hei de vê-lo pálido de amor.

Benedito — De raiva, de doença ou de fome, milorde, pode até ser, mas certamente não de amor. Se forem capazes de me provar que posso repor com bebida o sangue que eu perder com amor, por favor, arranquem meus olhos com a pena de um escritor de baladas e pendurem meu corpo à porta de um bordel, no lugar da placa do cego Cupido.

Dom Pedro — Bom, se alguma vez cair do alto de suas crenças, acabará se tornando motivo de muitas conversas.

Benedito — Se isso acontecer, pendurem-me em uma cesta de vime, como um gato, e podem atirar em mim. Quanto àquele que primeiro acertar o alvo, que seja felicitado e chamado de Adam[1].

Dom Pedro — Bom, o tempo dirá. Com o tempo, até mesmo o touro selvagem se deixa domar.

---

[1] Alusão a Adam Bell, personagem popular fictício à época, celebrado em canções por suas habilidades com o arco. (N. do T.)

BENEDITO	O touro selvagem, pode ser que sim. Mas se o sensato Benedito se deixar domar, arranquem desse touro os chifres e os grudem em minha testa, pintem um retrato meu infame o bastante e, onde se costuma escrever "Aqui alugam-se bons cavalos", que se escreva com letras garrafais, logo abaixo de meu retrato, "Aqui pode-se ver Benedito, o homem casado".
CLÁUDIO	Se isso algum dia acontecer, você estará completamente doido.
DOM PEDRO	Não, se Cupido não gastou todas as suas flechas em Veneza, em pouco tempo você estará estremecido de amor.
BENEDITO	Provavelmente, no dia em que a própria terra estremecer.
DOM PEDRO	Bom, não adianta gastar tempo com suposições. Nesse ínterim, meu bom *signior* Benedito, vá até a casa de Leonato, apresente-lhe minhas recomendações e diga que não faltarei ao jantar. Nunca deixaria de ir, já que ele tem feito grandes preparativos.
BENEDITO	Acredito ter massa cinzenta suficiente para tal missão. Assim, sem mais, desejo de todo o coração que sua senhoria fique sob...
CLÁUDIO	...a proteção divina. Deste que muito lhe admira.

Dom Pedro   Aos seis de julho.
              Seu caro amigo, Benedito.

Benedito   Parem de zombaria, chega de brincadeiras.
              O corpo de seu discurso se apresenta
              por vezes decorado com fragmentos,
              e as decorações de ambos estão muito
              mal alinhavadas. Antes de continuar
              a desdenhar das velhas fórmulas de
              despedida, examinem a consciência de
              vocês. E, assim, deixo-os a sós.

              [*Sai Benedito.*]

Cláudio   Meu soberano, será que sua alteza poderia
              me ajudar agora?

Dom Pedro   Meu coração está ansioso para lhe fazer
              o bem, basta dizer como. Explique-se
              com ele, e há de ver como ele aprenderá
              qualquer lição, por mais dura que seja, a
              fim de ajudá-lo.

Cláudio   Leonato tem algum
              filho homem, milorde?

Dom Pedro   Não, Hero é sua única herdeira.
              Você a ama, Cláudio?

Cláudio   Ah, milorde, quando o senhor saiu em
              combate, agora terminado, eu apenas a
              observei com os olhos de um soldado.
              Gostei do que vi, mas tinha pela frente
              uma tarefa mais árdua do que levar um
              simples gostar até o que se chama de amor.

No entanto, agora que estou de volta, e os pensamentos de guerra deixaram seu lugar vago em minha mente, esse vazio vai sendo invadido por suaves e delicados desejos, todos me indicando a beleza da jovem Hero, e me lembrando de minha afeição por ela ainda antes de ir para a guerra.

Dom Pedro — Muito em breve você estará se comportando como um amante, cansando os que o escutam com um grosso volume de palavras. Se ama a bela Hero, cuida bem desse amor, e eu tratarei de tocar no assunto com ela. Não foi com tal finalidade que você começou a traçar tão refinada história?

Cláudio — Com que delicadeza o senhor atende ao amor, simplesmente por vê-lo estampado na fisionomia do enamorado! Para que minha afeição não parecesse tão súbita, pretendia tê-la apresentado com um tratado mais longo.

Dom Pedro — Para que serve uma ponte maior do que o rio sob ela? O maior presente é aquele de que precisamos. O que serve é o que convém. Em suma: você está apaixonado, e eu tenho o remédio que lhe convém. Sei que haverá uma grande festa hoje à noite. Tomarei o seu lugar, por meio de algum disfarce, e direi à bela Hero que sou Cláudio, e no peito dela hei de descerrar meu coração, captando seu ouvido cativo

com a força e o vigor de meu relato
romântico; depois, falarei a respeito com
o pai dela. E a conclusão é apenas uma: ela
há de ser sua. Tratemos logo de colocar
esse plano em prática.

[*Saem ambos.*]

CENA II

[*Entram Leonato e um velho,
Antônio, seu irmão.*]

LEONATO	E então, meu irmão, onde está meu sobrinho, seu filho? Foi ele quem providenciou a música?
ANTÔNIO	Ele está bastante ocupado com isso, mas, meu irmão, tenho algumas notícias inesperadas, algo que jamais cogitou.
LEONATO	São notícias boas?
ANTÔNIO	Vai depender da forma que os eventos vão lhe dar, mas a aparência é boa, pois a casca não é má. O príncipe e o conde Cláudio conversavam ao passar por uma alameda com densa vegetação em meu pomar e, sem querer, foram ouvidos por um de meus homens: o príncipe revelou a Cláudio estar apaixonado por minha sobrinha, sua filha, e que pretendia lhe

confessar seu amor esta noite, durante uma dança. Se acaso souber que ela também o ama, pretende não perder tempo e lhe falar a respeito no mesmo instante.

LEONATO　O sujeito que lhe disse isso é astuto o suficiente?

ANTÔNIO　Trata-se de um homem bom e inteligente. Vou mandar buscá-lo, e você mesmo pode questioná-lo.

LEONATO　Não, não. Vamos tratar do assunto como se tivesse sido um sonho, até que se torne realidade. Mas vou me certificar de que minha filha saiba de tudo, para que possa se preparar para lhe dar uma resposta, se por acaso tal conversa seja verdade. Vá falar você mesmo com ela.

[*Sai Antônio. Diversos atores cruzam a frente do palco.*]

Ah, meus parentes, vocês sabem o que fazer. Por favor, meu amigo, venha comigo, e saberei usar de seu talento. Meu bom sobrinho, trate de se apressar neste dia tão movimentado.

[*Saem todos.*]

CENA III

[*Entram Dom João, o Bastardo, e Conrado, seu acompanhante.*]

CONRADO — Mas que diabos, milorde, por que o senhor está assim com uma tristeza tão sem medida?

DOM JOÃO — As circunstâncias que a alimentam tampouco têm medidas e, por isso, minha tristeza é sem limites.

CONRADO — O senhor deveria ouvir a voz da razão.

DOM JOÃO — E, depois de tê-la ouvido, que benefícios me trará ela?

CONRADO — Se não um alívio imediato, pelo menos uma paciente perseverança.

DOM JOÃO — Muito me admira você — tendo, como costuma dizer, nascido sob a influência de Saturno, e sendo melancólico como o planeta — se esforçar em receitar um remédio moral para uma doença mortal. Não sou capaz de disfarçar meu estado: preciso ficar triste quando há razão para tal; assim, não posso rir de piada nenhuma, só como quando quer meu estômago e não sei esperar pela boa vontade dos outros; durmo quando sinto sono, sem me preocupar com negócios alheios; dou risada quando estou alegre e nunca bajulo ninguém.

CONRADO   Sim, mas o senhor não deve agir assim com qualquer um, até que possa se expor sem que lhe cobrem outro comportamento. Há não muito tempo, o senhor foi contra seu irmão, e ele acaba de acolhê-lo novamente em suas graças, mas não lhe será possível fincar raízes sob seu jugo se o senhor não tratar de criar um clima mais ameno para si mesmo. É preciso que o senhor torne a estação mais propícia à sua própria colheita.

DOM JOÃO   Prefiro ser uma trepadeira em uma sebe qualquer a uma rosa nas boas graças do meu irmão, e condiz mais com meu sangue o desdém geral do que fingir algo que não sou para roubar a afeição de quem quer que seja. E, por isso, apesar de não poderem me chamar de homem honesto e bajulador, tampouco podem negar que eu seja um canalha sincero e fiel. Confiam em mim como confiam em um cão com focinheira, ou em um cavalo manco sem rédeas. Assim, decidi que não iria cantar em minha gaiola. Se eu tivesse minha boca, morderia; se tivesse minha liberdade, faria o que me dá na telha. Neste meio-tempo, deixem-me ser como sou, sem tentar mudar minha essência.

CONRADO	O senhor não poderia fazer uso de seus desgostos?
DOM JOÃO	Eu faço muito bom uso deles, pois são tudo de que disponho. Quem vem lá?

[*Entra Borracho.*]

	Quais são as novas, Borracho?
BORRACHO	Estou chegando de uma copiosa ceia. O príncipe, seu irmão, vem sendo regiamente entretido por Leonato, e eu posso lhe garantir de que há um casamento no horizonte.
DOM JOÃO	E há ele de servir de modelo para futuras maldades? Quem seria o tolo que pretende contrair matrimônio com a inquietude?
BORRACHO	Ora, ora, o braço direito de seu irmão.
DOM JOÃO	Quem? O extraordinário Cláudio?
BORRACHO	Ele mesmo.
DOM JOÃO	Um perfeito escudeiro. E para quem, para quem está ele lançando olhares?
BORRACHO	Ora, para os lados de Hero, a filha e herdeira de Leonato.
DOM JOÃO	Ah, bastante ambicioso, o sujeito! Como ficou sabendo disso?
BORRACHO	Visto que me contrataram como perfumista, lá estava eu fumigando um aposento mofado. Subitamente, aparecem o príncipe e Cláudio, de braços dados,

|||conversando com muita seriedade. Escondi-me rápido atrás do cortinado e, dali, pude ouvir combinarem que o príncipe cortejaria Hero ele mesmo e que, assim que a tivesse conquistado, passaria a jovem ao conde Cláudio.

DOM JOÃO   Ora, ora, vamos para lá. Tudo isso pode se tornar alimento para o meu desprazer. Esse jovem oportunista ficou com toda a glória de minha destituição. Se eu conseguir crucificá-lo de alguma maneira, ganharei inúmeras bênçãos. Posso contar com vocês dois para me ajudar?

CONRADO   Até a morte, meu senhor.

DOM JOÃO   Vamos então para essa grande ceia. Eles se divertem ainda mais me vendo subjugado. Se o cozinheiro tivesse os mesmos pensamentos que eu, a comida já estaria envenenada. Vamos descobrir o que se pode fazer?

BORRACHO   Estamos a seu serviço, milorde.

[*Saem todos.*]

SEGUNDO ATO

SEGUNDO ATO

CENA I

[*Entram Leonato, seu irmão Antônio, sua filha Hero, sua sobrinha Beatriz, Margarete e Úrsula.*]

LEONATO — O conde João não estava aqui na ceia?

ANTÔNIO — Eu não o vi.

BEATRIZ — Como aquele homem é amargo! Basta-me vê-lo e, uma hora depois, estou queimando de azia.

HERO — Ele é de uma natureza extremamente melancólica.

BEATRIZ — Seria um excelente homem aquele que representasse um meio-termo entre Benedito e ele. Um parece um retrato, sem nunca dizer nada; o outro é como um primogênito mimado, que não sabe a hora de fechar o bico.

LEONATO — Ou seja, alguém com metade da língua do *signior* Benedito na boca do conde João, e com metade da melancolia do conde João na face do *signior* Benedito.

BEATRIZ — E um bom par de pernas e pés, meu tio, além de dinheiro suficiente no bolso. Um homem assim conquistaria qualquer mulher no mundo, se tivesse tal capacidade.

LEONATO — Palavra de honra, minha sobrinha, com uma língua tão afiada, você nunca vai arranjar um marido.

ANTÔNIO — Realmente, ela é rabugenta demais.

BEATRIZ — Rabugenta demais é melhor do que simplesmente rabugenta. Assim, Deus nem sequer precisa se ocupar de mim, já que dizem que "Deus providencia chifres curtos para vacas rabugentas". Se for assim, Deus nem sequer se dá ao trabalho de providenciar chifre nenhum para vacas rabugentas *demais*.

LEONATO — Então, sendo rabugenta demais, Deus a deixou sem chifres.

BEATRIZ — Tanto quanto me deixou sem marido, uma bênção pela qual Lhe agradeço de joelhos, toda manhã e toda noite. Oh, Senhor! Não suportaria um marido de barba na cara, prefiro deitar com um cobertor de lã.

LEONATO — Você poderia muito bem achar um marido sem barba.

BEATRIZ — E o que faria eu com ele? Acabaria o vestindo com minhas roupas e o usando como minha criada! Os homens com barba já estão velhos demais, e aqueles sem ela ainda não são homens. Aqueles que já estão velhos não me servem, e eu não sirvo para os que ainda não são homens. Então, vou aceitar os trocados que o domador me paga adiantado e hei de levar seus macacos para o inferno[2].

LEONATO   Mas, então, você também vai para o inferno.

BEATRIZ   Não, só até os portões, onde o Diabo virá me receber, como um velho corno com seus chifres no alto da cabeça, e me dirá: "Vá para o céu, Beatriz, vá para o céu, aqui não há lugar para donzelas como você". Então, entrego meus macacos e vou para o céu ter com São Pedro. Lá, ele me mostra onde ficam aqueles que não se casaram, e viveremos felizes por toda a eternidade.

ANTÔNIO   [*Para Hero*] Bom, minha sobrinha, acredito que você, por sua vez, há de obedecer a seu pai.

BEATRIZ   Claro. E, palavra de honra, essa seria a obrigação de minha prima, fazer uma reverência e dizer, "Como quiser, meu pai". Mas, ainda assim, priminha, certifique-se de que o pretendente seja bonito. Caso contrário, faça outra reverência e diga: "Como *eu* quiser, meu pai".

---

2 Na época de Shakespeare, costumava-se dizer que as mulheres que morriam solteiras seriam encarregadas de "levar os macacos para o inferno". (N. do T.)

LEONATO   Bom, minha sobrinha, espero vê-la um dia estabelecida com um marido.

BEATRIZ   Não até que Deus faça homens de outro material diferente do barro. Para uma mulher, não seria ofensivo demais ser controlada por um punhado de valoroso pó, ou ter de prestar contas de sua vida a um pedaço de argila? Não, meu tio, não quero homem nenhum. Os filhos de Adão são meus irmãos, e tenho absoluta certeza de que é pecado casar com um parente.

LEONATO   Minha filha, lembre-se do que eu lhe disse: se o príncipe vier procurá-la com tal intenção, já sabe sua resposta.

BEATRIZ   Se não a cortejarem na hora certa, minha prima, a culpa será da música. Se o príncipe parecer inoportuno, basta lhe dizer que há um compasso certo para tudo, e fuja no ritmo do bailado. Trate de me ouvir, Hero: namorar, casar e se arrepender equivalem a três danças típicas: primeiro, a giga escocesa; depois, o minueto; e, por fim, a galharda. A primeira é ardente e impetuosa, tão forte quanto fantasiosa; o casamento, como o minueto, tem gestos contidos e vem carregado de imponência, dignidade e tradição. E, então, chega o arrependimento, com suas pernas bambas, recaindo na galharda cada vez mais rápido, até você se ver cavando a própria sepultura.

LEONATO   Minha sobrinha, sua percepção
é bastante afiada.

BEATRIZ   Tenho boa visão, meu tio. Sou capaz de
enxergar uma igreja à luz do dia.

LEONATO   Os foliões estão chegando, meu irmão.
Vamos abrir espaço para que passem.

[*Todos põem suas máscaras.
Entram, também mascarados,
o príncipe Dom Pedro, Cláudio,
Benedito, Baltazar, Borracho
e Dom João.*]

DOM PEDRO   Senhorita, concederia esta
dança a seu amigo?

HERO   Se o senhor dançar em ritmo lento,
olhando-me com doçura e sem nada
dizer, serei totalmente sua desta vez
e, especialmente, quando dançar
para longe daqui.

DOM PEDRO   Comigo em sua companhia?

HERO   Seria capaz de consentir,
quando me agradar.

DOM PEDRO   E quando lhe agradará consentir?

HERO   Quando sua face me agradar, pois
Deus me livre de o rosto ser tão
feio quanto a máscara!

DOM PEDRO	Minha máscara é a casa de Filêmon, e lá dentro se encontra Júpiter[3].
HERO	Ora, mas então sua máscara deveria ser de sapê.
DOM PEDRO	Se por acaso está falando de amor, senhorita, fale baixo.

[*Eles se afastam dos outros.*]

BALTAZAR	Ora, muito me agradaria se a senhorita gostasse de mim.
MARGARETE	Mas a mim, não. E falo pelo seu próprio bem, pois tenho muitos defeitos.
BALTAZAR	Diga-me um deles.
MARGARETE	Rezo em voz alta.
BALTAZAR	Assim, amo-a ainda mais, pois quem a ouve rezando pode gritar amém.
MARGARETE	Que Deus me arranje um bom dançarino.
BALTAZAR	Amém!
MARGARETE	E que Deus o mantenha longe da minha vista quando a dança terminar! Responda, clérigo.
BALTAZAR	Chega de palavras, o clérigo já teve sua resposta.

---

3 Referência ao mito de Filêmon e Báucis, que abrigam o deus Júpiter em casa sem conhecer sua verdadeira identidade. (N. do T.)

[*Eles se afastam dos outros.*]

ÚRSULA   Sei muito bem que é você, o *signior* Antônio.

ANTÔNIO   Digo-lhe que não.

ÚRSULA   Reconheci-o pelo jeito de balançar a cabeça.

ANTÔNIO   Para dizer a verdade, estou imitando o sujeito.

ÚRSULA   Não poderia fazer um trabalho tão ruim, a não ser que fosse o próprio. Vê-se sua mão completamente ressecada. O senhor é Antônio. O senhor é ele.

ANTÔNIO   Digo-lhe que não.

ÚRSULA   Ora, ora, então o senhor acha que não saberia reconhecê-lo por suas excelentes desculpas? É possível esconder a virtude? Cale-se, o senhor é ele. Sua elegância há de se mostrar e, então, nada mais poderá dizer.

[*Eles se afastam dos outros.*]

BEATRIZ   O senhor não vai me dizer quem lhe disse isso?

BENEDITO   A senhorita há de me perdoar, mas não.

BEATRIZ   E o senhor também não vai me dizer quem é?

BENEDITO   Agora, não.

BEATRIZ	Quem disse que sou desdenhosa, que minhas piadinhas saem das *Cem Histórias Alegres*[4]? Ora, foi justamente o *signior* Benedito quem disse isso.
BENEDITO	Quem é esse?
BEATRIZ	Estou certa de que o senhor o conhece muito bem.
BENEDITO	Eu não, pode acreditar.
BEATRIZ	Ele nunca o fez rir?
BENEDITO	Por favor, diga logo quem é esse sujeito.
BEATRIZ	Ora, ele é o bobo do príncipe, um tolo muito do sem graça, e seu único talento reside em inventar calúnias esdrúxulas. Apenas os libertinos o acham divertido e lhe fazem elogios, não por sua astúcia, e sim por suas baixarias, já que ele entretém os homens, e acaba por deixá-los furiosos, fazendo com que riam dele e, depois, deem-lhe uma surra. Tenho certeza de que ele figura entre os navegadores dessa frota, e adoraria que tivesse me abordado.
BENEDITO	Quando eu for apresentado a esse cavalheiro, seguramente lhe contarei tudo o que a senhorita me disse.
BEATRIZ	Sim, faça isso, e ele há de fazer uma ou duas piadinhas a meu respeito; e, caso

---

4 Coleção de piadas e contos irônicos, popular à época, lançada em 1526, 38 anos antes do nascimento de Shakespeare. (N. do T.)

ninguém tenha notado ou rido de suas zombarias, há de ficar melancólico.
E, assim, deixa de comer alguma asinha de perdiz, já que o bobo não vai estar disposto a jantar nesta noite.

[*A música do baile começa.*]

Temos de acompanhar os passos dos condutores.

BENEDITO Em tudo que há de bom.

BEATRIZ Certamente. A não ser que nos guiem para alguma perversidade, o que me fará abandoná-los no próximo compasso.

[*Dançam. Saem todos, menos Dom João, Borracho e Cláudio.*]

DOM JOÃO Não há dúvidas de que meu irmão esteja apaixonado por Hero, e já se retirou com o pai da moça para informá-lo a respeito. As damas seguiram a moça, e resta apenas um mascarado no salão.

BORRACHO Trata-se de Cláudio, conheço seu porte.

DOM JOÃO O senhor não é o *signior* Benedito?

CLÁUDIO O senhor me conhece muito bem. Sim, sou.

DOM JOÃO Caro *signior*, meu irmão tem muita afeição por si. Ele está apaixonado por Hero, e eu lhe peço, por favor, que o convença a desistir dela, pois ela não é da mesma estirpe que ele. Nessa história, o senhor poderia fazer o papel de um homem honesto.

CLÁUDIO Como o senhor sabe que ele a ama?

DOM JOÃO Ouvi-o lhe jurar sua afeição.

BORRACHO Também eu ouvi, e ele prometeu se casar com ela hoje à noite.

DOM JOÃO Passemos, então, ao banquete!

[*Saem Dom João e Borracho.*]

CLÁUDIO Posso até responder em nome de Benedito, mas ouço tais más notícias com os ouvidos de Cláudio. Uma coisa é certa: o príncipe está cortejando Hero em causa própria. A amizade é constante em todas as outras coisas, mas nunca no ofício e nas artes do amor. Então, que todos os corações apaixonados usem a própria língua, que cada olhar negocie por conta própria, sem confiar em intermediários, já que a beleza é uma bruxa e, contra seus encantos, a fé se derrete em sangue. Eis um daqueles acidentes que acontecem a todo momento, e no qual jamais cheguei a pensar. Adeus, então, Hero!

[*Entra Benedito.*]

BENEDITO Conde Cláudio?

CLÁUDIO   Sim, ele mesmo.

BENEDITO   Vamos. Não vem comigo?

CLÁUDIO   Para onde?

BENEDITO   Até o salgueiro ali à frente, para tratar de um assunto do seu interesse, caro conde. Como vai querer usar sua coroa[5]? No pescoço, como as correntes dos agiotas? Ou sob o braço, como a condecoração de um tenente? Deverá usá-la de alguma maneira, pois o príncipe já conquistou sua Hero.

CLÁUDIO   Desejo que ele seja muito feliz com ela.

BENEDITO   Ora, ora, mas está falando como um honesto comerciante de gado, pronto a vender seu touro. Acredita mesmo que o príncipe seria capaz de lhe pregar uma peça dessas?

CLÁUDIO   Deixe-me em paz, por favor.

BENEDITO   Ora, de nada adianta me atacar como a um homem cego que espalha a história. Foi o tal sujeito quem lhe roubou a carne, não eu; e o senhor está judiando do mensageiro.

CLÁUDIO   Já que não me deixa em paz, saio eu.

[*Sai Cláudio.*]

---

5   Referência a uma coroa de salgueiro, à época símbolo de um amor perdido. (N. do T.)

Benedito	Ai, ai, pobre pássaro ferido, vai agora se esconder no meio do mato. E o que dizer da minha dama, Beatriz, que supostamente me conhece tão bem e nem sequer me reconhece? Um bobo da corte... Bom, pode ser que eu faça jus ao título, já que sou tão alegre. Sim, é isso, mas assim também fico exposto a que me tratem injustamente. Não tenho essa reputação, trata-se apenas do temperamento desprezível e amargo de Beatriz, que vê todo mundo de acordo com sua própria pessoa e que, por isso, considera-me um bobo. Ora, então vou dar um jeito de me vingar.

[*Entra o príncipe.*]

Dom Pedro	*Signior*, onde está o conde? Por acaso viu Cláudio?
Benedito	Na verdade, milorde, agora há pouco fiz o papel de Dama Fofoca. Encontrei-o aqui, tão melancólico quanto uma lebre em sua toca. Contei-lhe, e acho que disse a verdade, que sua graça se enamorou da jovem senhorita, e me ofereci para acompanhá-lo até o salgueiro, a fim de lhe fazer uma coroa em consequência de sua renúncia, ou mesmo para ajudá-lo a fazer um açoite, já que ele se vê merecedor de uma bela surra.

Dom Pedro	Merecedor de uma bela surra? O que ele fez de errado?
Benedito	A mais pura transgressão de um menino em idade escolar: transbordar de felicidade por ter encontrado um ninho de passarinhos, mostrando-o a um colega, que acaba por roubá-lo dele.
Dom Pedro	E você considera a confiança uma transgressão? Transgressor é o ladrão.
Benedito	Ainda assim, continuam servindo tanto o açoite como a coroa, já que ele próprio poderia usar a guirlanda e açoitar o senhor, que, pelo que entendi, foi quem lhe roubou o ninho de passarinhos.
Dom Pedro	Vou simplesmente ensiná-lo a cantar e, depois, devolvo-o ao seu dono.
Benedito	Se seu canto corresponder ao que acaba de afirmar, dou-lhe minha palavra de que está falando honestamente.
Dom Pedro	A senhorita Beatriz está irritada com você. O cavalheiro que dançou com ela lhe disse que você a caluniou.
Benedito	Ah, mas ela me maltratou muito além da conta! Um carvalho com apenas uma única folha verde teria respondido à altura. Minha própria máscara começou a tomar vida e xingá-la. Sem saber que era eu, ela me disse que eu era o bobo do príncipe, um sujeito mais entediante

do que um dia em que a neve começa a
derreter, e fazia uma piada depois da outra
a meu respeito, com tamanha destreza,
de modo tão inacreditável, que lá fiquei
eu, em pleno alvo, com um exército
inteiro atirando contra mim. Sua língua
é como um punhal, e cada palavra sua
fere profundamente. Se seu hálito fosse
tão perverso quanto sua linguagem, não
restaria ninguém ao seu lado, pois ela
infectaria até mesmo a estrela polar. Eu
não me casaria com ela nem sequer se seu
dote fosse tudo o que Adão deixou pra trás
ao desobedecer ao criador. Ela teria feito
de Hércules um mero criado, obrigando-o
a ficar girando o espeto do assado, e até
mesmo a usar sua clava como lenha para o
fogo. Chega, não falemos mais dela, ou o
senhor vai descobrir que se trata da própria
Ate[6], com um belo vestido. Quem dera
Deus enviasse algum sábio ilustre para
conjurá-la, pois, certamente, enquanto ela
aqui permanecer, os homens podem viver
no inferno com a mesma paz com que
viveriam em um santuário, e as pessoas
vão cometer pecados expressamente, por
desejarem ir para a condenação eterna, já
que, na verdade, toda inquietação, horror e
perturbação a acompanham.

---

6 Deusa grega da fatalidade. (N. do T.)

[*Entram Cláudio, Beatriz, Leonato e Hero.*]

Dom Pedro — Olhe, aí vem ela.

Benedito — Por favor, sua graça, mande-me fazer algo a seu serviço no fim do mundo. Posso ir agora mesmo até os antípodas, para qualquer missão trivial que o senhor conseguir imaginar para mim. Posso buscar um palito de dentes, neste exato momento, nos confins da Ásia; ou trago a medida dos pés de João, o Presbítero[7]; vou arrancar um pelo da barba do grande Genghis Khan para o senhor; posso ir representá-lo em qualquer embaixada na terra dos pigmeus. Qualquer coisa é melhor do que qualquer conversa de três palavras com essa harpia. Milorde, o senhor não teria alguma incumbência para mim?

Dom Pedro — Nenhuma além do desejo de sua boa companhia.

Benedito — Ah, meu bom Deus! Milorde, eis aí um prato que não me apetece. Não sou capaz de tolerar essa Senhorita Língua.

[*Sai Benedito.*]

---

7 Figura mítica da antiga tradição cristã, geralmente identificada como o apóstolo João. (N. do T.)

Dom Pedro	Ora, ora, senhorita, acaba de perder o coração do *signior* Benedito.
Beatriz	Na verdade, milorde, ele me emprestou seu coração por um tempo, e paguei juros por ele, entregando-lhe meu coração em dobro, em troca daquele coração sem-par. Ora, se antes ele me ganhara o coração com dados viciados, sua graça pode realmente afirmar que, agora, eu o perdi.
Dom Pedro	Pois a senhorita acabou com o *signior* Benedito. Acabou por levá-lo ao fundo do poço.
Beatriz	Milorde, nunca pretendi que ele fizesse o mesmo comigo, a não ser que eu quisesse ser conhecida como mãe dos tolos. Trouxe comigo o conde Cláudio, já que o senhor havia me pedido que o procurasse.
Dom Pedro	Ora, ora, o que é isso, conde? Por que o vejo triste?
Cláudio	Triste não, milorde.
Dom Pedro	Do que se trata, então? Está doente?
Cláudio	Nem um nem outro, milorde.
Beatriz	O conde não está nem triste, nem doente, nem alegre, tampouco disposto. Mas é um conde civilizado, tal qual uma laranja amarga, verde de ciúmes.
Dom Pedro	Palavra de honra, senhorita, acredito que sua metáfora nada mais é do que a verdade, embora eu possa jurar que, se ele

está com ciúmes, muito se engana. Venha aqui, Cláudio. Cortejei a dama em seu nome, e a bela Hero já foi conquistada. Já dei as boas novas ao pai da moça, e obtive seu consentimento. Pode marcar o dia do enlace, e que Deus o abençoe com muitas alegrias!

LEONATO Conde, leve consigo minha filha e, com ela, minha fortuna. Sua graça foi quem tramou o casório, e a graça divina disse "Amém".

BEATRIZ Fale, conde, eis sua deixa.

CLÁUDIO O silêncio é o mais perfeito arauto da felicidade, e eu não estaria tão feliz se pudesse expressar o quanto. Senhorita, assim como é minha, sou seu. Dou-me por completo para você, e me regozijo com essa troca.

BEATRIZ Diga algo, prima, ou, se não consegue falar, tape-lhe a boca com um beijo, impedindo, assim, que ele também fale.

DOM PEDRO Palavra de honra, senhorita, seu coração está alegre.

BEATRIZ Sim, milorde, e sou muito agradecida a ele, este pobre tolo, já que me protege dos ventos da preocupação. Minha prima sussurra ao ouvido do conde que ele mora em seu coração.

CLÁUDIO Exatamente, prima.

BEATRIZ	Meu bom Deus, mais uma aliança! Que ela una todos no mundo, menos eu. Estou queimada do sol e, como não sou pálida, minha obrigação é me sentar em um canto e chorar, implorando por um marido[8].
DOM PEDRO	Lady Beatriz, vou lhe arranjar um.
BEATRIZ	Preferiria que fosse um dos descendentes de seu pai. Por acaso sua graça não teria um irmão como o senhor? Seu pai gerou excelentes maridos, se uma donzela fosse capaz de se igualar a eles.
DOM PEDRO	Deseja se casar comigo, senhorita?
BEATRIZ	Não, milorde, a menos que eu pudesse ter outro marido para os dias da semana. Sua graça é caro demais para se usar diariamente. Mas suplico que me perdoe, pois nasci para falar todo tipo de tolice, e nada de sensato.
DOM PEDRO	Seu silêncio ofender-me-ia muito mais, e ser alegre lhe cai muito bem, já que, sem dúvida nenhuma, a senhorita nasceu em momento feliz.
BEATRIZ	Não tenha tanta certeza, milorde. Minha mãe não parava de chorar; porém, então, uma estrela passou a dançar no céu e foi

---

8 À época de Shakespeare, a ideia de beleza era associada à palidez da pele, já que uma pele bronzeada era típica dos trabalhadores pobres do campo. (N. do T.)

	sob seu jugo que nasci. Primos meus, que Deus lhes dê alegria!
LEONATO	Cara sobrinha, você vai cuidar daqueles assuntos de que lhe falei?
BEATRIZ	Perdão, meu tio. Com a licença de sua graça.

[*Sai Beatriz.*]

DOM PEDRO	Palavra de honra, que senhorita mais bem-humorada.
LEONATO	Há pouquíssima melancolia nela, milorde. Ela nunca está triste, a não ser quando dorme e, ainda assim, não é sempre que isso acontece, pois já ouvi minha filha dizer que ela já sonhou inúmeras vezes com infortúnios e despertou aos risos.
DOM PEDRO	Ela só não suporta ouvir falar de marido.
LEONATO	Ah, de jeito nenhum. Ela zomba de todos os seus admiradores, despachando-os logo.
DOM PEDRO	Seria uma excelente esposa para Benedito.
LEONATO	Ah, senhor! Se ficassem uma semana casados, milorde, enlouqueceriam um ao outro de tanto falar.
DOM PEDRO	Conde Cláudio, quando pretende ir à igreja?
CLÁUDIO	Amanhã, milorde. O tempo anda com muletas até o amor passar por todos os seus rituais.

LEONATO Não até segunda-feira, meu querido filho, que é daqui a apenas sete dias. Já é tempo curto o bastante, e assim tudo correrá de acordo com meus desejos.

DOM PEDRO Ora, você balança a cabeça por se ver diante de tão longa espera, mas eu lhe garanto, Cláudio, que o tempo não há de demorar a passar para nós. Nesse meio-tempo, vou empreender um dos trabalhos de Hércules, ou seja, vou unir o *signior* Benedito à senhorita Beatriz, prendendo-os em uma montanha de amor mútuo. Ficaria satisfeito se tudo acabasse em casamento, e não duvido poder formar essa união, se vocês três me ajudarem no que for preciso, conforme minhas instruções.

LEONATO Milorde, estou ao seu dispor, mesmo que tal empreitada me custe dez noites sem dormir.

CLÁUDIO Também eu, milorde.

DOM PEDRO E a senhorita também, doce Hero?

HERO Poderá dispor de todas as minhas modestas habilidades, milorde, para ajudar minha prima a conseguir um bom marido.

DOM PEDRO E Benedito não é um dos noivos menos promissores que conheço. Posso até mesmo chegar a elogiá-lo: ele tem caráter nobre, notório valor e comprovada honestidade. Vou ensiná-la, senhorita, a fazer com que sua prima se apaixone por Benedito. E com a colaboração de vocês dois, vou manipular Benedito de tal maneira que, mesmo com seu estômago sensível e suas piadinhas certeiras, ele ainda vai cair de amores por Beatriz. Se soubermos fazer tudo direitinho, Cupido vai deixar de ser um arqueiro: sua glória será toda nossa, pois seremos os únicos deuses do amor. Venham comigo, e eu lhes porei a par de meus planos.

[*Saem todos.*]

CENA II

[*Entram Dom João e Borracho.*]

DOM JOÃO — É isso mesmo, o conde Cláudio vai se casar com a filha de Leonato.

BORRACHO — Sim, milorde, mas posso dar um jeito de fazer com que isso não aconteça.

DOM JOÃO — Qualquer obstáculo, qualquer entrave, qualquer impedimento serão terapêuticos para mim. Estou doente de desgosto por tudo isso, e o que for capaz de acabar com a afeição de Cláudio beneficiará muito a minha própria. Como será possível arruinar esse casamento?

BORRACHO	Não de modo honesto, milorde, e sim com tamanho sigilo que nenhuma desonestidade há de ser associada a mim.
DOM JOÃO	Diga-me como brevemente, agora mesmo.
BORRACHO	Acredito já lhe ter contado, milorde, há coisa de um ano, como Margarete, a dama de companhia de Hero, quer-me bem.
DOM JOÃO	Sim, lembro bem.
BORRACHO	Posso marcar de me encontrar com ela à janela do quarto de sua senhora a qualquer hora da noite, mesmo a mais inconveniente.
DOM JOÃO	E o que tem isso a ver com a extinção desse casamento?
BORRACHO	A peçonha do veneno reside em saber as medidas corretas. O senhor deve procurar o príncipe, seu irmão, e não poupar palavras ao lhe dizer que ele atentou contra a própria honra ao arranjar para o renomado Cláudio — cuja reputação o senhor vigorosamente há de enaltecer — uma união com uma famosa meretriz, a bela Hero.
DOM JOÃO	E que provas posso dar de algo assim?
BORRACHO	Prova suficiente para iludir o príncipe, atormentar Cláudio, destruir Hero e matar Leonato. Gostaria de algo mais?
DOM JOÃO	Sou capaz de qualquer coisa, simplesmente para humilhá-los.

BORRACHO   Então, vamos lá: encontre uma hora conveniente para o senhor ter uma conversa a sós com Dom Pedro e o Conde Cláudio. Diga-lhes que o senhor sabe que Hero está apaixonada por mim. Mostre-se preocupado com ambos, o príncipe e Cláudio, como se tivesse apreço à honra de seu irmão — que foi quem efetivamente arranjou o casamento — e à reputação do amigo de seu irmão — que, em virtude dessa união, está a ponto de ser enganado com a aparência de uma donzela. Diga-lhes também que é apenas por isso que o senhor lhes revela tais coisas. Eles dificilmente acreditarão na história sem quaisquer provas; assim, ofereça-lhes a evidência: nada menos do que a grande probabilidade de me ver à janela do quarto da senhorita, escutando-me chamar Margarete de Hero, e escutando Margarete me chamar de Cláudio. Leve-os a testemunhar isso bem na noite anterior às bodas pretendidas, pois, nesse meio tempo, farei com que Hero esteja ausente, fazendo com que pareça verdade sua traição, e que a desconfiança se torne certeza, arruinando os preparativos para o casamento.

DOM JOÃO   Não me importam as consequências que esse plano venha a ter, colocá-lo-ei em prática. E você, seja astuto ao preparar tudo, e conseguirá uma gratificação de mil ducados.

BORRACHO   Meu senhor, seja constante em suas acusações, e minha astúcia não há de me deixar em vergonha.

DOM JOÃO   Agora mesmo vou buscar saber a data do casamento.

[*Saem ambos.*]

CENA III

[*Entra Benedito, sozinho.*]

BENEDITO   Rapaz!

[*Entra o pajem.*]

PAJEM   *Signior?*

BENEDITO   Na janela de meu quarto tem um livro. Traga-o para mim, aqui no pomar.

PAJEM   Já estou aqui, meu senhor.

BENEDITO   Sei disso, mas preciso que você vá lá buscar o livro e volte para cá.

[*Sai o pajem.*]

Fico admirado ao ver um homem achincalhar as loucuras superficiais de um de seus pares por estar completamente bobo por amor e se tornar ele mesmo — depois de tanto menosprezar as ações do outro — o tema dos próprios achincalhes ao se apaixonar por sua vez; Cláudio é tal homem. Conheço-o desde quando não havia outra melodia para ele além do som dos tambores e dos pífaros e, agora, ele prefere escutar tamboretes e gaitas[9]. Conheço-o desde quando era capaz de caminhar por mais de quinze quilômetros, simplesmente para admirar uma boa armadura, e, agora, ele é quem consegue passar dez noites em claro só para inventar um novo modelo de jaqueta. Ele tinha o costume de ser claro com as palavras e ir direto ao ponto — como um soldado, um homem honesto — e, agora, ele é de um pedantismo sem-par: suas palavras são um fantástico banquete, composto por muitos pratos exóticos. Será que algum dia eu seria capaz de me converter a esse ponto, passando a tudo enxergar com tais olhos? Não sei dizer, acho que não, mas talvez o amor me converta em uma ostra. No entanto, posso fazer um juramento acerca dessa questão: mesmo que o amor faça de mim uma ostra, ele jamais me tornará um paspalhão como esses sujeitos que vejo por aí. Mesmo ao ver uma bela mulher, permaneço firme; outra pode ser inteligente, mas continuo impassível;

---

9 Tambores e pífaros eram instrumentos usados em marchas militares, ao passo que o tamborete e a gaita eram parte das baladas românticas. (N. do T.)

aquela outra pode até ser virtuosa, e não me deixo esmorecer; até que todas as boas graças recaiam sobre uma só mulher, não há nem uma sequer que há de cair nas minhas boas graças. Ela terá de ser rica, certamente; inteligente, ou não a quero; virtuosa, ou jamais perguntarei o valor de seu dote; bela, pois, caso contrário, não vou olhá-la na cara; gentil, ou nem deixo que se aproxime de mim; nobre como eu, ou não teria nenhum valor para mim, nem mesmo se fosse um anjo; deverá ter uma conversa agradável, tocar e cantar como ninguém, e seu cabelo deverá ser... da cor que mais agradar a Deus. Ah, lá vêm o príncipe e Monsieur L'Amour[10]! Vou me esconder ali atrás da treliça.

[*Sai Benedito. Entram Dom Pedro, Leonato e Cláudio.*]

DOM PEDRO	Ora, ora, vamos ouvir a tal música?
CLÁUDIO	Sim, meu bom senhor. Como está quieta a noite! Parece até mesmo ter se silenciado expressamente para engrandecer a melodia.
DOM PEDRO	Viu onde Benedito se escondeu?

---

10 "Senhor Amor", em francês. (N. do T.)

CLÁUDIO   Vi sim, milorde. Assim que acabar a música, vamos dar a essa raposa velha o que ela bem merece.

[*Entra Baltazar, acompanhado de música.*]

DOM PEDRO   Vamos lá, Baltazar, queremos ouvir essa música novamente.

BALTAZAR   Ah, meu bom senhor, não imponha a esta minha tão terrível voz a tarefa de arruinar a canção mais de uma vez.

DOM PEDRO   É testemunho de excelência tentar esconder a própria perfeição. Por favor, cante, não me faça continuar a suplicar.

BALTAZAR   Já que o senhor fala de súplicas, hei de cantar, pois, muitos que suplicam à amada fazem sem nem ao menos a considerar digna. E as súplicas acabam em juras de amor.

DOM PEDRO   Mas, por favor, vamos logo com isso. Se prefere continuar a fazer seu longo discurso, que seja com notas musicais.

BALTAZAR   Mas note isto antes das minhas notas: não há uma única nota minha digna de nota.

DOM PEDRO   Ora, mas o homem fala em colcheias! Notemos só as notas, e nada mais!

[*Inicia a música.*]

BENEDITO [*À parte.*] Que venha a melodia divina, agora que sua alma se deixou arrebatar. Não é estranho imaginar que umas tripas de carneiro conseguem elevar o espírito dos homens? Pois bem, quando tudo isso tiver acabado, vou tratar de comprar uma corneta para mim.

[*A canção:*]

BALTAZAR
Parem de suspiros,
senhoritas, chega de suspirar,
Na arte de enganar, são os
homens sempre magistrais:
Com um pé cá em terra firme e o
outro lá no mar,
Constantes a apenas uma coisa
não serão jamais.
Assim, não suspirem, deixem que se vão
E se mantenham sempre belas e joviais
Tornando os sons de preocupação
Em canções jocosas e cordiais.
Chega de ladainhas, não adianta se afligir,
Chega de tristezas e melancolias sem parar,
Ardis masculinos são tão
velhos quanto o existir,
Desde que o primeiro verão
viu o verde despontar.
Então, parem de suspiros...

DOM PEDRO Palavra de honra, que bela canção.

BALTAZAR	E que músico ruim, milorde.
DOM PEDRO	Não, não, pare com isso. Na verdade, canta bem o suficiente para se virar.
BENEDITO	[*À parte.*] Se fosse um cão que tivesse uivado assim, mandariam enforcá-lo. Só peço a Deus que essa voz horrorosa não seja sinal de infortúnio. Preferiria mil vezes ter escutado o corvo grasnando à noite, sem me importar com a praga que pudesse recair sobre mim depois.
DOM PEDRO	Então, está tudo combinado, ouviu bem, Baltazar? Peço-lhe que nos ofereça uma música excelente amanhã à noite, já que faremos uma serenata diante da janela do quarto da senhorita Hero.
BALTAZAR	Farei o melhor possível, milorde.

[*Sai Baltazar.*]

DOM PEDRO	Que assim seja. Adeus. Leonato, venha cá. Que conversa foi aquela que o senhor teve comigo hoje, sobre sua sobrinha Beatriz estar apaixonada pelo *signior* Benedito?
CLÁUDIO	[*À parte.*] Muito cuidado com a aproximação, já que a ave acaba de pousar. Nunca imaginei que essa senhorita fosse capaz de amar qualquer homem.
LEONATO	Nem eu! Mas o mais incrível é ela ter se apaixonado justamente pelo *signior*

	Benedito, por quem ela demonstrava, diante de todos, completa aversão.
BENEDITO	Será possível? Será que é nessa direção que o vento vai soprar?
LEONATO	Palavra de honra, milorde, nem sei o que pensar a respeito. Só posso dizer que, se acaso ela realmente o ama com devoção, todo pensamento é possível.
DOM PEDRO	Talvez ela esteja só fingindo.
CLÁUDIO	Realmente, é bem possível.
LEONATO	Ó, Deus! Fingindo? Pois nunca houve paixão fingida que se aproximasse tanto de um amor verdadeiro quanto essa que ela demonstra.
DOM PEDRO	Ora, e que provas dessa paixão tem ela demonstrado?
CLÁUDIO	[*À parte.*] Basta pôr a isca no anzol, e o peixe morde.
LEONATO	Que provas, milorde? Ela fica quieta, sentada... O senhor ouviu minha filha relatando seu estado.
CLÁUDIO	De fato, ela me contou.
DOM PEDRO	Mas como está ela, como? Por favor, conteme. O senhor está me surpreendendo, pois sempre imaginei que o espírito dela fosse invencível, protegido contra toda sorte de ataque amoroso.

Leonato	Pois eu também poderia jurar tal coisa, milorde, especialmente em se tratando de Benedito.
Benedito	Se não fosse o sujeito da barba branca falando, eu poderia pensar que se trata de um embuste. Um ardil desses seguramente não se esconderia por trás de tanta reverência.
Cláudio	[*À parte.*] Ele se deixou infectar. Agora, basta seguir com a farsa.
Dom Pedro	Ela já declarou sua afeição a Benedito?
Leonato	Não, e jura que nunca o fará. E é esse seu tormento.
Cláudio	Isso lá é verdade. Eis o que diz sua filha: "Como poderia eu, que tantas vezes o tratei com escárnio ao me encontrar com ele, escrever-lhe para dizer que o amo?".
Leonato	É isso que ela diz agora, sempre que começa a lhe escrever, pois se levanta da cama vinte vezes por noite, e lá fica, sentada, de camisola, até ter preenchido uma folha de papel por inteiro. Minha filha nos conta tudo.
Cláudio	Agora que o senhor mencionou uma folha de papel, lembrei-me de algo engraçado que sua filha me contou.
Leonato	Ah, de quando ela, depois de terminar de escrever, estava relendo a carta e percebeu

que só havia escrito Benedito e Beatriz por toda a folha? É isso?

CLÁUDIO Isso mesmo.

LEONATO Ah, ela rasgou a carta em mil pedaços e ralhou consigo mesma por ter sido tão insolente a ponto de escrever para alguém que sabia que iria desprezá-la. "Já imagino sua reação", disse ela, "diante de minha atitude, já que eu mesma zombaria dele se me escrevesse, ainda que o ame".

CLÁUDIO E, então, ela cai de joelhos, chora, soluça, bate no peito, puxa os cabelos, reza e começa a praguejar: "Ah, meu doce Benedito! Deus, dai-me paciência!".

LEONATO É assim mesmo que ela age, de acordo com o que diz minha filha. E tamanho desvario a oprime de tal modo, que minha filha, às vezes, teme que tome alguma atitude desesperada e ultrajante contra si mesma. É a pura verdade.

DOM PEDRO Seria bom se Benedito ficasse sabendo disso por intermédio de alguém, já que ela não pretende lhe revelar nada.

CLÁUDIO Para quê? Ele se divertiria com isso, e atormentaria ainda mais a pobre senhorita.

DOM PEDRO Se ele o fizesse, seria uma boa ação enforcá-lo. Ela é uma dama doce, formidável e, por mais que ninguém imagine, uma mulher virtuosa.

Cláudio	E absolutamente sábia.
Dom Pedro	Em tudo, menos em seu amor por Benedito.
Leonato	Ah, milorde, quando sabedoria e paixão combatem dentro de corpo tão delicado, todos sabemos que, para cada caso em que vence a razão, há dez outros em que leva a melhor o coração. Por justa causa tenho pena dela, pois, além de tio, sou seu tutor.
Dom Pedro	Quem dera ela estivesse apaixonada por mim. Assim eu teria deixado de lado quaisquer outras considerações e feito dela minha metade. Por favor, conte tudo isso para Benedito e ouça o que ele tem a dizer.
Leonato	Acredita ser o melhor a fazer?
Cláudio	Hero crê piamente que ela vai morrer, pois ela diz que morre se ele não a amar, e que prefere morrer a lhe declarar seu amor, e que morrerá se ele vier cortejá-la, uma vez que não pretende subtrair nem um único suspiro de sua costumeira rabugice.
Dom Pedro	Faz bem, pois, se ela fosse lhe oferecer seu amor, é possível que ele o menosprezasse, já que Benedito, como todos sabem, tem o espírito cheio de desdém.
Cláudio	Trata-se de um belo homem.
Dom Pedro	Realmente, ele ostenta uma aparência bastante afortunada.

CLÁUDIO	Com a bênção de Deus. E, a meu ver, ele parece bastante inteligente.
DOM PEDRO	Sim, ele realmente apresenta algumas centelhas de sabedoria.
CLÁUDIO	E imagino que seja um homem de coragem.
DOM PEDRO	Assim como Heitor[11], e posso lhe garantir que é manejando combates em que se destaca sua inteligência, pois, ou ele os evita com grande discrição, ou deles participa com um temor bastante cristão.
LEONATO	Se ele é temente a Deus, então deve necessariamente manter a paz. Se ele a infringe, deve entrar em combate com temor e tremores.
DOM PEDRO	É assim que ele age, por temer a Deus — mesmo que não pareça, pelas zombarias que faz sobre o assunto. Enfim, tenho pena de sua sobrinha. Vamos atrás de Benedito para lhe contar sobre o amor que ela sente por ele?
CLÁUDIO	Não devemos fazê-lo jamais, milorde. Deixemos que ela se canse desse amor com bastante ponderação.
LEONATO	Não, isso é impossível. Antes disso acontecer, ela já vai ter se cansado do próprio coração.

---

11 Na mitologia grega, Heitor era príncipe de Troia e um célebre guerreiro. (N. do T.)

Dom Pedro	Bom, de qualquer modo, vamos continuar a par desse assunto por intermédio de sua filha. Deixemos isso de lado por um tempo. Gosto muito de Benedito, e gostaria que ele analisasse suas atitudes com toda a humildade, para se dar conta de como não é merecedor do amor de uma senhorita tão boa quanto ela.
Leonato	Milorde, vamos andando? O jantar está pronto.
Cláudio	[*À parte.*] Se ele não se apaixonar por ela depois de tudo isso, nunca mais confiarei em minhas expectativas.
Dom Pedro	[*À parte*] Que a mesma rede seja lançada para ela, carregada por sua filha e pelas damas de companhia dela. Será divertido ver quando cada um estiver certo de que o outro o ama, sem que nada disso seja verdade; é essa a cena que eu desejo ver, nada além de uma pantomima, sem dúvida nenhuma. Vamos mandá-la chamar o *signior* Benedito para o jantar.

[*Saem Dom Pedro, Cláudio e Leonato.*]

Benedito	Isso não pode ser brincadeira. Toda essa conversa se deu com toda a seriedade. Sabem que isso é verdade por meio de Hero, e parecem ter pena da senhorita. Pelo jeito, seus sentimentos já atingiram o ápice. Será que ela me ama?

Ora, mas esse é um sentimento que
precisa ser retribuído. Ouvi muito bem
o que disseram de mim, que vou ficar
todo orgulhoso caso perceba o amor que
ela me tem. E dizem também que ela
prefere morrer a me mostrar qualquer
sinal de afeição. Nunca pensei em me
casar. Porém não devo parecer arrogante.
Felizes aqueles que conseguem ouvir seus
defeitos e fazem tudo para se emendar.
Dizem que a dama é bela, isso lá é verdade,
e dela sou testemunha. Dizem que a
dama é virtuosa também, e não tenho
como desmentir esse fato. Dizem, além
disso, que é inteligente, a não ser por me
amar. Palavra de honra, é certo que seu
amor por mim não adiciona nada à sua
inteligência, mas tampouco é argumento
para atestar sua loucura, pois também
hei de me apaixonar loucamente por ela.
Pode ser que eu ainda venha a sofrer de
algumas recaídas em minha zombaria, e
determinados resquícios de minha própria
ironia acabarão por se levantar contra
mim, já que por tanto tempo falei mal
do casamento. Mas não é verdade que o
apetite se altera com a idade? Um jovem
rapaz adora o prato que não suportará na
velhice. Será que os ditados, os provérbios
e esses tiros de festim do cérebro podem
intimidar um homem a ponto de mudar
o rumo de seus humores? Não, o mundo

tem de ser povoado. Quando eu disse que morreria solteirão, não imaginava viver até o dia em que iria me casar. Eis aí Beatriz: pela luz que nos ilumina, como ela é bela! Realmente, já vejo nela alguns sinais de amor.

[*Entra Beatriz.*]

BEATRIZ   Contra a minha vontade, mandaram-me pedir que viesse jantar conosco.

BENEDITO   Linda Beatriz, agradeço-lhe por ter se incomodado.

BEATRIZ   Incomodou-me mais receber seus agradecimentos, tanto quanto lhe incomodou me agradecer. Se tivesse me sentido incomodada, não teria vindo.

BENEDITO   Então, sentiu prazer ao vir até aqui para me avisar?

BEATRIZ   Claro, tanto quanto alguém pode achar prazer ao calar uma gralha com um punhal. Se o senhor não está com fome, passar bem.

[*Sai Beatriz.*]

BENEDITO   Ah! "Contra a minha vontade, mandaram-me pedir que viesse jantar conosco." Há um duplo sentido nessa frase. "Incomodou-me mais receber seus agradecimentos, tanto quanto lhe incomodou me agradecer." É o mesmo que dizer "Qualquer incômodo que eu passar por sua causa é tão ínfimo quanto agradecer por algo". Se eu não me sentir apiedado por ela, darei mostras de ser um cafajeste. Se eu não a amar, estarei sendo desalmado. Vou buscar seu retrato.

[*Sai Benedito.*]

TERCEIRO ATO

CENA I

[*Entra Hero, acompanhada de suas duas damas de companhia, Margarete e Úrsula.*]

HERO   Minha boa Margarete, corra até o salão. Lá você há de encontrar minha prima Beatriz conversando com o príncipe e Cláudio. Sussurre no ouvido dela, dizendo-lhe que Úrsula e eu estamos passeando no pomar, e que apenas falamos dela. Diga que você nos escutou sem querer, e lhe peça que venha se esconder naquela treliça frondosa em que as madressilvas que floresceram com o sol agora o proíbem de ali entrar, como fazem as favoritas, tão cheias de orgulho em virtude dos príncipes, que agora deles desdenham. É lá que Beatriz deve se esconder para escutar nossa conversa. Eis sua missão, trate de ir cumpri-la com presteza, deixando-nos a sós.

MARGARETE   Garanto-lhe que ela virá, e logo.

[*Sai Margarete.*]

| HERO | Agora, Úrsula, quando Beatriz chegar, à medida que nós percorrermos essa alameda de cima a baixo, devemos falar unicamente de Benedito. Quando eu pronunciar o nome dele, sua incumbência é elogiá-lo mais do que qualquer homem merece. Eu lhe direi o quanto Benedito está perdido de amores por Beatriz. É dessa matéria que são feitas a flechas certeiras do pequenino Cupido: elas apenas ferem por meio do ouvir dizer.

[*Beatriz entra na treliça.*]

Devemos começar, pois veja só como Beatriz, tal qual um abibe, corre rente ao chão, para escutar o que falamos.

| ÚRSULA | O mais divertido na pescaria com linha e anzol é ver a vítima atravessar as águas prateadas com suas barbatanas de ouro, devorando com avidez a isca traiçoeira. Pois agora nossa vítima é Beatriz, escondida sob a treliça. Não tema quanto à minha parte no diálogo.

| HERO | Vamos chegar mais perto dela, para que seu ouvido não perca nada da doce e falsa isca que lhe preparamos.

[*Hero e Úrsula se aproximam da treliça.*]

É sério, Úrsula, ela é desdenhosa demais. Conheço seu temperamento,

	ela é desconfiada e selvagem como os falcões-das-montanhas.
ÚRSULA	Mas a senhorita tem certeza de que Benedito ama Beatriz apaixonadamente?
HERO	É o que diz o príncipe, o senhor a quem fui prometida.
ÚRSULA	E eles lhe pediram que contasse tudo para ela, minha senhora?
HERO	Realmente me encarregaram de fazê-lo, mas os persuadi do contrário. Como prova de que gostavam mesmo de Benedito, deveriam fazer com que ele lutasse contra tal sentimento por Beatriz e nunca se declarasse a ela.
ÚRSULA	Mas por que a senhorita fez isso? Por acaso o cavalheiro não merece uma cama tão afortunada como aquela em que se deita Beatriz?
HERO	Ó, deus do amor! Eu sei que ele bem merece tudo aquilo que se pode conceder a um homem, mas a natureza nunca foi capaz de moldar um coração feminino em material mais arrogante do que o de Beatriz. O desdém e o escárnio brilham em seus olhos, menosprezando tudo o que eles veem, e ela valoriza tanto a própria inteligência, que todo o resto lhe parece fraco. Ela não é capaz de amar, tampouco de conceber qualquer forma ou

	ideia de afeição, tamanho é o apreço que tem por si própria.
ÚRSULA	É exatamente meu pensamento. E, por isso, certamente não será bom se ela vier a saber do amor dele, para que não brinque com esse sentimento.
HERO	Ora, não falou nada além da verdade. Ainda não conheci nenhum homem — por mais inteligente, nobre, jovem e bonito que fosse — que ela não tivesse menosprezado. Se ele tem belos traços, ela é capaz de jurar que o cavalheiro se assemelha a uma irmã dela. Se tem a pele escura, a natureza deve ter feito um borrão onde intentava desenhar uma figura grotesca; se é alto, representa simplesmente uma lança com a seta malfeita; se é baixo, uma figura em ágata muito mal esculpida[12]; se é falante, ora, não passa de um cata-vento girando ao sabor dos ventos; se é calado, ora, então é um bloco, que não se move diante de vento nenhum. É assim que vira qualquer homem do avesso, sem jamais conceder à verdade e à virtude o que cada um tem em termos de integridade e mérito.
ÚRSULA	Claro, claro, um espírito tão crítico não é recomendável.

---

12 À época, pequenas figuras de ágata eram encrustadas em anéis. (N. do T.)

HERO Não, seguramente que não. Ser tão ímpar, tão diferente dos padrões quanto Beatriz, não pode ser recomendável. Mas quem se atreve a lhe dizer isso? Se fosse eu quem o dissesse, ela zombaria de mim, reduzindo-me a pó. Ah, ela riria de mim a tal ponto, que me levaria à morte com tanta perspicácia! Então, deixemos que Benedito, como fogo encoberto, consuma-se em suspiros, que se esgote internamente. É uma morte melhor do que morrer como objeto de piadas, o que é tão ruim quanto morrer de cócegas.

ÚRSULA Ainda assim, conte-lhe tudo e ouça o que ela tem a dizer.

HERO Não. Prefiro procurar Benedito e aconselhá-lo a lutar contra sua paixão. E hei de inventar algumas mentirinhas inocentes para manchar a imagem da minha prima. Ninguém sabe o quanto uma palavra perversa pode envenenar uma afeição.

ÚRSULA Ah, não cometa uma injustiça dessas com sua prima. Ela não pode ser tão desprovida de bom senso a ponto de refutar um cavalheiro tão raro quanto o *signior* Benedito, justamente ela, que se diz tão inteligente e desenvolta.

HERO E ele é um homem sem igual na Itália, se não contarmos meu querido Cláudio.

ÚRSULA	Por favor, não fique zangada comigo, minha senhora, por falar o que realmente penso. Mas dizem que o *signior* Benedito — em razão de seu porte, suas conversações e seu valor — põe-se à frente dos outros homens em toda a Itália.
HERO	De fato, ele tem uma excelente reputação.
ÚRSULA	Ele se viu merecedor dessa reputação antes mesmo de alcançá-la. Mas quando é seu casamento, minha senhora?
HERO	Ora, a partir de amanhã, todos os dias. Agora, vamos entrar, vou lhe mostrar algumas vestes, e quero seu conselho quanto ao que me ficará melhor no casamento.
ÚRSULA	[*À parte.*] Apanhamos o passarinho na arapuca; posso lhe garantir, minha senhora.
HERO	[*À parte.*] Se isso se comprovar, então o amor acontece por acaso. Alguns Cupidos matam com flechas; outros, com armadilhas.

[*Saem Hero e Úrsula.*]

BEATRIZ	Que fogo é esse que queima em meus ouvidos? Será tudo isso verdade? Será que fui condenada por tamanho orgulho e escárnio? Adeus, desdém! Até nunca mais, orgulho do celibato! Nenhuma glória

sobrevive a uma vida assim. Continue a
amar, Benedito, e saberei recompensá-lo,
domesticando meu coração selvagem com
sua mão carinhosa. Se você realmente me
ama, minha gentileza vai incitá-lo a unir
nossos amores em uma sagrada aliança.
Pois todos dizem que você, Benedito,
é merecedor, e, a despeito do que ouço
falar, nisso acredito.

[Sai Beatriz.]

CENA II

[Entram Dom Pedro, Cláudio,
Benedito e Leonato.]

DOM PEDRO   Fico até seu casamento ser consumado, e
então sigo viagem até Aragão.

CLÁUDIO   Acompanhá-lo-ei, milorde, se
por acaso me autorizar.

DOM PEDRO   De modo nenhum. Isso seria uma enorme
mancha no brilho novo de seu casamento,
tanto quanto mostrar a uma criança seu
casaco novo e não a deixar usá-lo. Ousarei
pedir que Benedito me acompanhe, pois,
desde o último fio de cabelo até o dedão
do pé, ele é só alegria. Já arrebentou o
arco de Cupido duas ou três vezes, e o
pequeno carrasco não se atreve mais a

lhe cravar uma flecha. Benedito tem um coração tão sólido quanto um sino, e sua língua é o badalo, já que o que seu coração pensa a língua fala.

BENEDITO Cavalheiros, não sou mais como era.

LEONATO Concordo. Você me parece mais triste.

CLÁUDIO Espero que ele esteja apaixonado.

DOM PEDRO Enforquem esse vadio! Não há nele uma só gota de sangue verdadeiro para ser verdadeiramente tocado pelo amor. Se ele está triste, é porque lhe falta dinheiro.

BENEDITO Estou com dor de dente.

DOM PEDRO Arranque-o.

BENEDITO Amarre-o.

CLÁUDIO É preciso amarrá-lo primeiro, antes de extraí-lo.

DOM PEDRO Mas, como assim? Está suspirando por uma dor de dente?

LEONATO Ou são fluidos, ou lombrigas.

BENEDITO Ora, todos sabem cuidar de uma dor, menos aquele que a sente.

CLÁUDIO Pois torno a dizer que ele está apaixonado.

DOM PEDRO Ele não aparenta sofrer nenhum capricho, a não ser que tal capricho seja por se fantasiar com estranhas vestes, disfarçando-se de holandês hoje, de francês amanhã, ou se vestindo à moda de dois países ao mesmo tempo, como um alemão da cintura para baixo, com calças bufantes, e um espanhol na parte de cima, sem gibão. A menos que seja esse capricho por tamanhas tolices, como bem parece ser, ele não foi tolo o bastante para se apaixonar, como vocês tentam fazer crer.

Cláudio Se ele não está apaixonado por alguma mulher, não podemos mais acreditar nos velhos sinais, como o hábito de escovar o chapéu todas as manhãs. E isso é presságio de quê, então?

Dom Pedro Algum homem já o viu no barbeiro?

Cláudio Não, mas o ajudante do barbeiro tem sido visto com ele, e a antiga decoração de seu rosto já foi usada para rechear bolas de tênis.

Leonato Na verdade, ele agora parece mais jovem, sem barba.

Dom Pedro Sim, e agora ele passa almíscar no corpo. Ainda não sentiram seu odor?

Cláudio Isso é o mesmo que dizer que o doce rapaz está apaixonado.

Dom Pedro O maior sinal disso é a sua melancolia.

Cláudio E quando foi que ele começou a lavar a cara?

Dom Pedro Sim, e se pintar? Pois é isso que tenho ouvido falar a seu respeito.

CLÁUDIO — E seu espírito irônico se transformou em uma corda de alaúde, governada pelos trastes do instrumento.

DOM PEDRO — Realmente, isso diz muito a seu respeito. Em suma, o rapaz está apaixonado.

CLÁUDIO — Sim, mas eu sei quem o ama.

DOM PEDRO — Também gostaria eu de saber, mas garanto que deve ser alguém que não o conhece.

CLÁUDIO — Conhece, sim, tanto ele como seus defeitos e, mesmo assim, morre de amores por ele.

DOM PEDRO — Pois ela há de ser enterrada olhando para ele.

BENEDITO — Ainda assim, isso não é remédio para a dor de dente. Velho *signior*, venha caminhar ao meu lado. Estudei umas oito ou nove palavras inteligentes para lhe falar, coisa que não é para o ouvido desses bufões.

[*Saem Benedito e Leonato.*]

DOM PEDRO — Juro por minha própria vida que ele vai falar sobre Beatriz.

CLÁUDIO — É isso mesmo. Hero e Margarete já desempenharam seus papéis para a senhorita e, assim, os dois ursos não vão mais se morder ao se encontrar.

[*Entra Dom João, o Bastardo.*]

DOM JOÃO — Meu senhor e irmão, que Deus o proteja.

Dom Pedro	Boa tarde, meu irmão.
Dom João	Por favor, gostaria de lhe falar.
Dom Pedro	Em particular?
Dom João	Se assim preferir... Mas o Conde Cláudio pode ouvir, pois o que tenho a dizer lhe diz respeito.
Dom Pedro	Do que se trata?
Dom João	[*Para Cláudio.*] Sua senhoria pretende se casar amanhã?
Dom Pedro	Você sabe muito bem que sim.
Dom João	Não sei se o fará quando ele souber o que sei eu.
Cláudio	Se há qualquer impedimento, por favor, revele do que se trata.
Dom João	O senhor pode pensar que não lhe tenho apreço. Deixe que tal pensamento fique para mais tarde, pois espero que o senhor me veja com melhores olhos depois do que tenho a lhe dizer agora. Quanto a meu irmão, acredito que ele o tenha na mais alta conta, fundo em seu coração e, por isso, prontificou-se a ajudá-lo a realizar o casamento que se aproxima. Certamente, seu esforço foi um trabalho desperdiçado.
Dom Pedro	Por quê? Qual é o problema?
Dom João	Vim aqui justamente para lhes contar e, para encurtar uma longa história — pois

há muito tempo se fala da moça — basta dizer que a tal senhorita é desleal.

CLÁUDIO Quem? Hero?

DOM JOÃO Ela mesma. Hero, a filha de Leonato, sua Hero, a Hero de qualquer um.

CLÁUDIO Desleal?

DOM JOÃO A palavra é gentil demais para retratar toda a sua maldade. Eu poderia dizer que ela é muito pior do que desleal, mas pense o senhor mesmo em nome pior, e ele há de lhe servir. Mas não se espante até ter provas do que digo. Acompanhe-me esta noite, e o senhor verá que entram pela janela de seu quarto até mesmo na véspera de seu casamento. Se ainda assim o senhor continuar a amá-la, case-se com ela amanhã. Mas seria melhor para sua honra mudar de ideia.

CLÁUDIO Será verdade?

DOM PEDRO Não acredito.

DOM JOÃO Se o senhor ousar não acreditar em seus próprios olhos, é melhor não confessar o que sabe. Se quiser me acompanhar, hei de mostrar provas suficientes e, quando tiver visto mais e ouvido mais, há de proceder de acordo.

CLÁUDIO Ora, se eu vir qualquer coisa hoje à noite, certamente não deverei me casar com ela amanhã. Mas, diante da congregação,

	onde deveria desposá-la, hei de envergonhá-la.
Dom Pedro	E como fui eu quem a cortejou para que se casasse com você, juntarei minhas forças às suas para desgraçá-la.
Dom João	Não vou injuriar a moça mais, até que tenham sido minhas testemunhas. Tenham frieza suficiente para aguentar até a noite, quando a questão se resolverá por si mesma.
Dom Pedro	Ah, que dia é este, que termina de maneira tão diferente à que começara!
Cláudio	Ó, ruína imprevista!
Dom João	Ó, calamidade prevenida bem a tempo! Isso é o que dirão quando virem os acontecimentos a seguir.

[*Saem todos.*]

CENA III

[*Entram Corniso e seu parceiro Verges, com os vigias.*]

Corniso	Vocês são homens bons e leais?
Verges	Certamente, ou então seria um desperdício que eles sofressem a salvação do corpo e da alma.

Corniso	Não, isso seria um castigo bom demais para eles, se é que há neles um pingo de lealdade, já que foram escolhidos para a guarda do príncipe.
Verges	Bom, meu vizinho Corniso, pode lhes passar suas incumbências.
Corniso	Antes de tudo, quem vocês acreditam ser o mais merecedor de todos para atuar como chefe da guarda?
Primeiro Vigia	O Hugo Mingau, meu senhor, ou então o Jorge Carvão, pois ambos sabem escrever e ler.
Corniso	Venha cá, meu vizinho Carvão. Deus o abençoou com um bom nome, e ser um homem de boa aparência é um dom da fortuna, mas saber escrever e ler é dado pela natureza.
Segundo Vigia	E sou ambos, mestre chefe da guarda...
Corniso	Sei que é. Sabia que essa seria a sua resposta. Bom, quanto à sua aparência, meu senhor, ora, dê graças a Deus, e não fique se gabando disso. Quanto a saber escrever e ler, deixe que isso transpareça quando não houver necessidade de tamanha vaidade. Dizem que o senhor é o mais sensato e adequado para ser o chefe da guarda. Portanto, pegue a lanterna. Eis a sua obrigação: deter tudo quanto é vagabundo, tudo quanto é homem, em nome do príncipe.

Segundo Vigia	E se o homem não parar?
Corniso	Ora, então o senhor ignora o sujeito, deixando-o passar. Em seguida, reúna o restante da guarda, e agradeça a Deus por ter se livrado de um vagabundo.
Verges	Se ele não parar quando o mandam, não se trata de nenhum dos súditos do príncipe.
Corniso	É verdade, e eles não têm nada que se meter com nenhum dos súditos do príncipe. Vocês também não podem fazer barulho nas ruas, pois é inadmissível alguém da guarda real ficar tagarelando e conversando, e ninguém há de tolerar uma coisa dessas.
Vigia	Preferimos dormir a conversar. Sabemos muito bem qual é a função de um vigia.
Corniso	Ora, está falando como um vigia experiente e muito discreto, pois não vejo como dormir poderia ofender alguém. Apenas cuidem para que não lhes roubem as lanças. Bom, vocês devem visitar todas as tabernas e mandar todos os bêbados que encontrarem para a cama.
Vigia	E se eles não quiserem?
Corniso	Ora, então, deixem-nos em paz até que fiquem sóbrios. Se eles não lhes responderem bem, vocês sempre podem lhes dizer que os confundiram com qualquer outro homem.

Vigia	Muito bem, meu senhor.
Corniso	Se encontrarem um ladrão, podem suspeitar — em virtude de seu ofício — de que não se trata de pessoa honesta. E, para esse tipo de gente, quanto menos se meterem ou conversarem com ele, melhor para a reputação de vocês.
Vigia	Se soubermos que se trata de um ladrão, não deveríamos pôr as mãos nele?
Corniso	Por sua profissão, seguramente que sim. E podem tentar fazê-lo, mas eu tenho para mim que aqueles que tocam no piche acabam se sujando. A forma mais pacífica que vocês têm para prender um ladrão é deixar que ele dê mostras de quem é, furtando-se de sua companhia.
Verges	Sempre ouvimos dizer que o senhor era um homem bastante misericordioso, caro colega.
Corniso	Certamente eu não enforcaria nem mesmo um cachorro por minha própria vontade, e muito menos um homem que possa ter dentro de si um pingo de honestidade.
Verges	Se ouvirem uma criança chorando no meio da noite, devem chamar sua ama e ordenar que ela a faça se calar.
Vigia	E se a ama estiver dormindo e não nos escutar?

CORNISO   Ora, então partam em paz, e deixem
           que a própria criança acorde a ama com
           seu choro, pois a ovelha que não ouve
           os balidos de seu cordeirinho não há de
           responder aos mugidos de um bezerro.

VERGES   Isso não deixa de ser verdade.

CORNISO   E eis todas as suas obrigações. O chefe da
           guarda deve representar a própria pessoa
           do príncipe e, se porventura encontrá-lo
           no meio da noite, pode ordenar que pare.

VERGES   Não, por Nossa Senhora, acredito que não
           possa fazer isso.

CORNISO   Aposto cinco xelins contra um, com
           qualquer homem que conheça os
           estatutos. Deve-se ordenar que ele
           pare, a não ser que o príncipe não
           queira, pois certamente o vigia não
           deve ofender ninguém, e não deixa de
           ser uma ofensa fazer parar um homem
           contra a sua vontade.

VERGES   Por Nossa Senhora, acredito que
           seja assim mesmo.

CORNISO   Ah, viu só? Bom, mestres, boa noite.
           No caso de acontecer algo de importância,
           podem me chamar. Obedeçam aos
           conselhos de seus companheiros e
           aos próprios, e tenham uma boa noite.
           Vamos embora, vizinho.

SEGUNDO VIGIA	Bom, mestres, ouvimos nossas incumbências. Vamos nos sentar aqui no banco da igreja até as duas, e então, podemos ir todos para a cama.
CORNISO	Apenas mais uma palavrinha, meus honestos vizinhos. Peço-lhes que vigiem a porta do *signior* Leonato, já que, como seu casamento será amanhã, deve haver certo estardalhaço esta noite. Adeus. E lhes peço que fiquem bastante vigilantes.

[*Saem Corniso e Verges. Entram Borracho e Conrado.*]

BORRACHO	Mas, ora essa, Conrado!
SEGUNDO VIGIA	[*Para os outros vigias.*] Silêncio, não se mexam.
BORRACHO	Conrado, estou chamando!
CONRADO	Estou aqui, homem de Deus, grudado no seu cotovelo.
BORRACHO	Pela Santa Madre Igreja, é por isso que sentia meu braço coçando. Pensei ter pegado um carrapato.
CONRADO	Fico lhe devendo uma resposta à altura. Mas agora continue com a sua história.
BORRACHO	Chegue mais perto então, aqui debaixo desta cobertura, pois está caindo uma chuva fininha e eu, como um bêbado de verdade, hei de lhe contar tudo.

SEGUNDO VIGIA [*Para os outros vigias.*] Trata-se de alguma intriga, mestres. Fiquem por perto.

BORRACHO Saiba você que recebi mil ducados de Dom João.

CONRADO Mas será possível que uma patifaria custe tão caro?

BORRACHO Você deveria ter perguntado se é possível uma patifaria valer tanto, pois, quando os patifes ricos precisam de patifes pobres, os pobres se dão o direito de cobrar o que bem entendem.

CONRADO Estou maravilhado!

BORRACHO Isso só mostra sua falta de experiência. Mas você sabe muito bem que a moda de um casaco, de um chapéu ou de uma capa não faz o homem.

CONRADO Claro que não, trata-se apenas de sua roupa.

BORRACHO Estou falando da moda.

CONRADO Isso mesmo, a moda é a moda.

BORRACHO Palavra de honra, é por isso que dizem que um tolo é um tolo. Você não percebe que essa tal moda não passa de um ladrão deformado?

SEGUNDO VIGIA [*Para os outros vigias.*] Conheço esse tal de Deformado. Já faz sete anos que ele é um belo de um ladrão. Anda para todo

	lado posando de nobre cavalheiro, mas não me esqueço do seu nome.
BORRACHO	Por acaso você escutou alguém falando?
CONRADO	Não, era o cata-vento da casa.
BORRACHO	Bom, como eu ia dizendo, você não percebe que essa tal moda não passa de um ladrão deformado? Não viu ainda o entusiasmo com que faz correr o sangue quente daqueles que têm entre catorze e trinta e cinco anos, às vezes os vestindo como soldados do Faraó em uma pintura esfumaçada, às vezes como os sacerdotes do deus Baal em um velho vitral de uma igreja qualquer, às vezes como um Hércules sem barba de um tapete todo sujo e roído das traças, com a braguilha tão volumosa quanto sua clava?
CONRADO	Tudo isso sou capaz de ver, e vejo também que a moda se desgasta antes mesmo de as roupas ficarem gastas. Mas você também não é um entusiasta da moda, a ponto de, como quem troca de camisa, ter trocado de história e começado a me falar de moda?
BORRACHO	Nem uma coisa, nem outra. Mas saiba que esta noite cortejei Margarete, a nobre criada da senhorita Hero, chamando-a pelo nome de sua senhora. Ela se debruçou à janela do quarto de Hero para mim e mil vezes me desejou boa-noite. Mas conto

mal a minha história. Antes, preciso relatar como o príncipe e Cláudio, com meu amo, plantados, informados e possuídos por meu senhor Dom João, assistiram a tão afável encontro de longe, do pomar.

CONRADO E eles pensaram que sua Margarete fosse Hero?

BORRACHO Dois deles, sim, o príncipe e Cláudio. Mas o demônio do meu mestre sabia que se tratava de Margarete. E — em parte por seus juramentos, que haviam antes possuído os outros dois; em parte pela escuridão da noite, que os enganou; e, principalmente, por minha patifaria, que confirmou todas as calúnias que tinha feito Dom João — Cláudio partiu, enfurecido. Jurou que se encontraria com ela como combinado, na manhã seguinte, no templo, e ali, diante de toda a congregação, iria envergonhá-la com o que vira à noite, tratando de mandá-la de volta para casa, sem marido.

PRIMEIRO VIGIA Nós os detemos, em nome do príncipe.

SEGUNDO VIGIA Chamem o mestre da guarda de direito. Acabamos de descobrir a mais perigosa peça de prevaricação de que se tem notícia nesta comunidade.

PRIMEIRO VIGIA E um deles é o Deformado. Conheço-o muito bem, pois ele usa um cacho de cabelo comprido.

CONRADO Mestres, mestres.

SEGUNDO VIGIA Garanto-lhes que os senhores terão de nos entregar esse Deformado.

CONRADO Mestres...

PRIMEIRO VIGIA Não diga nada, nós damos as ordens aqui. Obedeçamos aos senhores, e vamos acompanhá-los.

BORRACHO Acabaremos por provar que somos uma bela mercadoria, apreendidos desse modo pelas lanças desses homens.

CONRADO Garanto-lhes que são mercadorias apreendidas. Vamos logo, obedeçamos aos senhores.

[*Saem todos.*]

CENA IV

[*Entram Hero, Margarete e Úrsula.*]

HERO Minha boa Úrsula, acorde minha prima Beatriz, e peça que se levante.

ÚRSULA Já vou, minha senhora.

HERO E lhe diga que venha até aqui.

ÚRSULA Muito bem.

[*Sai Úrsula.*]

MARGARETE   Palavra de honra, acho que sua outra
            gola lhe caía melhor.

HERO   Não, minha boa Meg. Por favor,
            deixe-me usar esta.

MARGARETE   Palavra de honra que essa não lhe
            cai tão bem, e garanto que sua
            prima dirá o mesmo.

HERO   Minha prima é uma tola, assim como você.
            Essa é a única gola que vou usar.

MARGARETE   Gostei muito da nova tiara. Tudo ficaria
            perfeito se os apliques castanhos fossem
            um pouquinho mais escuros.
            E juro que seu vestido tem um
            desenho muito exclusivo. E note que
            eu cheguei a ver o vestido da duquesa
            de Milão, tão elogiado por todos.

HERO   Ah, tal vestido é inigualável, de acordo
            com o que dizem.

MARGARETE   Dou-lhe minha palavra de que é uma
            camisola, comparado ao seu. É feito
            com um tecido bordado com fios de
            ouro e rendilhado com prata, mangas,
            sobremangas e saias decoradas com
            pérolas, e uma armação cintilante
            azulada. Mas o modelo fino, delicado,
            gracioso e elegante do seu vestido
            vale dez vezes mais.

HERO   Que Deus me dê alegria para usá-lo, pois
            sinto meu peito extremamente pesado.

MARGARETE	Não vai demorar muito para a senhora sentir um peso maior sobre o peito, o peso de um homem.
HERO	Que ultraje! Você não tem vergonha?
MARGARETE	Vergonha de quê, senhorita? De falar de maneira respeitosa? E por acaso não é respeitável até mesmo o casamento de um mendigo? Seu noivo não é respeitável antes mesmo de se casar? Acredito que a senhorita teria preferido que eu dissesse, com todo o respeito, *um marido*. Mas maus pensamentos não são capazes de distorcer uma fala honesta, e eu não ofendi ninguém. Existe alguma ofensa em dizer "o peso do marido"? Acredito que nenhuma, quando se fala, como é o caso, do marido correto para a esposa correta. Do contrário, o homem é leve, não pesa. Pergunte à senhorita Beatriz, que vem chegando.

[*Entra Beatriz.*]

HERO	Bom dia, prima.
BEATRIZ	Bom dia, minha doce Hero.
HERO	Ora, o que está acontecendo? Por que está falando com esse tom enfermiço?
BEATRIZ	Acho que não disponho de outro tom com que possa falar.

MARGARETE Basta bater palmas ao ritmo de "A Luz do Amor[13]", que não carrega o peso de um homem. Você canta, e eu danço.

BEATRIZ Sim, a luz do amor é suave para quem põe as pernas para o ar, e, se o seu marido tem estábulos suficientes, você há de ver que não lhe faltarão potros.

MARGARETE Ah, que fala mais inapropriada! Renego o que disse e esmago suas palavras com meus calcanhares.

BEATRIZ São quase cinco em ponto, minha prima, e você já deveria estar pronta a esta hora. Palavra de honra, estou realmente muito doente. Ei, oooo!

MARGARETE Está chamando um falcão, um cavalo ou um marido?

BEATRIZ Esse é o som em que terminam todos eles, ooooooo.

MARGARETE Bom, se você já se transformou em uma solteirona renegada, não vejo motivo para manter qualquer esperança.

BEATRIZ O que essa tolice toda quer dizer?

MARGARETE Nada de mais, só que Deus dá a cada um o que deseja seu coração.

HERO O conde me enviou estas luvas, e elas têm um perfume maravilhoso.

---

13 Canção popular à época. (N. do T.)

BEATRIZ	Estou resfriada, minha prima, e não sou capaz de sentir cheiro nenhum.
MARGARETE	Solteirona e resfriada! É a isso que chamam "entrar numa fria".
BEATRIZ	Ah, meu Deus, ajude-me. Ajude-me, meu Deus. Desde quando começou a exercer o ofício da ironia?
MARGARETE	Desde que você o abandonou. E não é que meu senso de humor combina muito comigo?
BEATRIZ	Não consigo ver a combinação — deveria usá-la em seu chapéu. Palavra de honra, estou doente.
MARGARETE	Tome um pouco deste destilado de *Carduus benedictus*, e o deixe sobre o coração, é o único remédio para enjoos.
HERO	Ai, ai, você acabou a picando com o espinho.
BEATRIZ	*Benedictus*! Por que *benedictus*? Há algum sentido oculto nesse tal *benedictus*.
MARGARETE	Sentido oculto? Não, palavra de honra, não há nada oculto, apenas estava falando de um simples cardo santo. A senhorita pode até pensar que estou sugerindo que esteja apaixonada, mas, não, juro por Nossa Senhora que não. Não sou tão tola a ponto de acreditar em tudo o que quiser, tampouco quero pensar em coisas em que não possa acreditar, por mais que

fosse capaz de pensar que poderia fazer meu coração acreditar que seria capaz de parar de pensar que está apaixonada, ou que vai se apaixonar, ou que possa vir a se apaixonar. No entanto, Benedito era tão diferente, e aí está ele, transformado em um homem: havia jurado que jamais se casaria, mas, agora, apesar de seu coração doente, come suas refeições sem resmungar. E como a senhorita poderia se converter eu não sei, mas me parece que agora tem um olhar em seus olhos igualzinho ao das outras mulheres.

BEATRIZ Mas que ritmo é esse com que anda sua língua?

MARGARETE Certamente, não é a meio-galope.

[*Entra Úrsula.*]

ÚRSULA Minha senhora, vamos! O príncipe, o conde, o *signior* Benedito, Dom João e todos os nobres da cidade vieram conduzi-la à igreja.

HERO Ajudem-me a me vestir, minha boa prima, minha boa Meg, minha boa Úrsula.

[*Saem todas.*]

CENA V

[*Entram Leonato, Corniso e Verges.*]

LEONATO   O que quer comigo, meu honrado vizinho?

CORNISO   Realmente, meu senhor, eu gostaria de conversar em particular consigo, sobre algo que concerne à sua pessoa.

LEONATO   Por favor, seja breve, pois, como pode ver, estou em um momento bastante atribulado.

CORNISO   Não deixa de ser verdade, meu senhor.

VERGES   Realmente é verdade, meu senhor.

LEONATO   O que aconteceu, meus bons amigos?

CORNISO   O nosso bom homem Verges, meu senhor, sabe um pouco do que se trata. Já é um velho, meu senhor, e sua inteligência não é como antes. Queria eu que Deus lhe concedesse continuar como no passado, mas juro que sua honestidade não mudou em nada.

VERGES   Sim, e agradeço a Deus por ser tão honesto quanto qualquer homem vivo que seja tão velho e menos honesto do que eu.

CORNISO   As comparações fedem. *Pocas palabras*, vizinho Verges.

LEONATO Vizinhos, vocês são entediantes.

CORNISO É muita bondade sua dizer tal coisa, porém somos apenas pobres vigias do duque. Na verdade, quanto à minha pessoa, se eu fosse tão entediante quanto um rei, daria um jeito de conceder todo o meu tédio para sua senhoria.

LEONATO Ah, passaria toda a sua mesmice para mim, então?

CORNISO Sim, até mesmo se chegasse a valer mil libras a mais do que vale, pois ouço exclamações parecidas à que o senhor fez na boca de qualquer homem da cidade e, ainda sendo apenas um homem pobre, fico feliz de ouvi-la.

VERGES E eu também.

LEONATO Ouviria com alegria o que têm a dizer.

VERGES Muito bem, meu senhor. Esta noite, nossa guarda — com o perdão da presença de sua senhoria — deteve uns salafrários que vagabundeavam por aí, como fazem todos em Messina.

CORNISO Trata-se de um bom velhinho, meu senhor, e fala demais, uma vez que, como dizem, "quando a velhice entra por uma porta, o juízo sai pela janela", valha-nos Deus. Há muito o que ver neste mundo. Palavra de honra, disse muito bem, vizinho Verges. Bem, Deus é um bom homem e, quando dois montam em um só cavalo, um deles tem de ir atrás. Uma alma honesta, palavra de honra, meu senhor, é o que ele é, juro que é, honesto como qualquer homem que já comeu pão. Mas Deus deve ser idolatrado, e nenhum homem é parecido com o outro. Ai, ai, ai, meu bom vizinho.

LEONATO Realmente, vizinho, ele fica muito atrás de você.

CORNISO São dons que Deus dá.

LEONATO Devo deixá-los.

CORNISO Só uma palavrinha, meu senhor. Nossa guarda, meu senhor, realmente deteve duas pessoas auspiciosas, e gostaríamos de interrogá-las, ainda hoje de manhã, diante de sua senhoria.

LEONATO Interrogue-as você mesmo e, depois, traga-me um relatório. Agora estou com muita pressa, como podem ver.

CORNISO Deve ser o suficiente.

LEONATO Tome um pouco de vinho antes de partir. Adeus!

[*Entra um mensageiro.*]

MENSAGEIRO Milorde, estão esperando que entregue sua filha em casamento.

LEONATO Vou ter com eles, estou pronto.

[*Saem Leonato e o mensageiro.*]

CORNISO   Vá, meu bom colega, vá se encontrar com Francisco Carvão, e lhe peça para trazer sua pena e o tinteiro até a prisão. Agora, temos de interrogar esses homens.

VERGES   E precisamos fazê-lo com sabedoria.

CORNISO   Garanto-lhe que não vamos poupar nem um pouco de inteligência. Tratemos de humilhá-los com nossa sapiência. Mas vá logo buscar aquele que sabe escrever, para ele fazer a excomunhão do nosso interrogatório, e venham me encontrar no xilindró.

QUARTO ATO

CENA I

[*Entram o príncipe Dom Pedro, Dom João, o Bastardo, Leonato, Frei Francisco, Cláudio, Benedito, Hero, Beatriz e alguns criados.*]

LEONATO Vamos lá, Frei Francisco, seja breve. Basta o rito simples do casamento. Deixe para explicar os deveres específicos do matrimônio depois.

FREI FRANCISCO Milorde, o senhor veio até aqui para casar esta dama.

CLÁUDIO Não.

LEONATO "Para se casar com esta dama", Frei. O senhor é que está aqui para casá-la.

FREI FRANCISCO A senhorita veio até aqui para se casar com o conde Cláudio?

HERO Sim.

FREI FRANCISCO Se alguém dentre os presentes sabe de qualquer impedimento para esta união, ordeno que fale agora, pela salvação de sua alma.

CLÁUDIO Sabe de algum impedimento, Hero?

HERO Nenhum, meu senhor.

FREI FRANCISCO   Sabe de algum
impedimento, conde Cláudio?

LEONATO   Atrevo-me a responder em
seu lugar: nenhum.

CLÁUDIO   Ah, a que se atrevem os homens! O que
são capazes de fazer!
O que fazem diariamente!

BENEDITO   Ora, ora, o que é isso agora? Interjeições?
Ora, então que sirvam para dar risadas
como rá, rá, rá!

CLÁUDIO   Ponha-se aqui ao lado, Frei, não saia daí.
Pai, com sua licença: é o livre e espontâneo
desejo de sua alma me entregar esta
donzela, sua filha?

LEONATO   Tão livre, meu filho, quanto no momento
em que Deus a entregou a mim.

CLÁUDIO   E o que devo eu lhe oferecer em troca
diante de tão rico e precioso presente?

DOM PEDRO   Nada, a não ser que queira
devolvê-la ao pai.

CLÁUDIO   Doce príncipe, o senhor acaba de me
ensinar um agradecimento dos mais
nobres. Ei-la aqui, Leonato: tome-a de
volta. Não ofereça esta laranja podre a
um amigo. Ela pode ser tudo, menos um
símbolo à semelhança de uma mulher
honrada. Vejam só como ela enrubesce
à moda de uma donzela! Com que
autoridade e demonstração de verdade o

pecado sabe se ocultar! Pois não é que o sangue lhe sobe às faces, como prova de modéstia, para testemunhar uma simples virtude? Todos vocês que a veem não seriam capazes de jurar que se trata de uma donzela, unicamente pelos sinais externos? Mas ela não é nada disso! Ela conhece o fervor de um leito luxurioso. Seu rubor é de culpa, e não de modéstia.

LEONATO   O que o senhor quer dizer com isso, milorde?

CLÁUDIO   Que não vou me casar, pois não hei de unir minha alma a uma notória libertina.

LEONATO   Por Deus, milorde, mas se o senhor mesmo venceu a resistência de sua juventude e lhe levou a virgindade...

CLÁUDIO   Sei bem o que o senhor quer dizer: que, se me deitei com ela, foi porque ela me tomou em seus braços como marido e, assim, fica extenuado o pecado do adiantamento. Não, Leonato, jamais cheguei a tentá-la com uma palavra mais atrevida. Sempre lhe dei demonstrações de acanhada sinceridade e gracioso amor, como um irmão se dirigindo à irmã.

HERO   E lhe pareceu alguma vez que eu tenha feito de outro modo?

CLÁUDIO   Chega de tanto fingimento! Hei de denunciar sua falsidade. Você me parece ser como Diana em sua

	órbita lunar[14], tão casta quanto um botão de flor antes de desabrochar. Mas tem um sangue mais desregrado do que a própria Vênus[15], ou do que esses animais insaciáveis, que não põem freios em sua selvagem sensualidade.
HERO	Por acaso, meu senhor, está passando bem para me falar tantas mentiras?
LEONATO	Doce príncipe, por que não diz nada?
DOM PEDRO	O que eu poderia dizer? Cá estou, desonrado, por ter me envolvido na união de meu caro amigo a uma sirigaita ordinária.
LEONATO	Essas palavras estão sendo ditas realmente ou estou sonhando?
DOM JOÃO	Meu senhor, estão as dizendo, e o que dizem é verdade.
BENEDITO	Isto não se parece em nada com um casamento.
HERO	Verdade? Ó, Deus!
CLÁUDIO	Leonato, estou aqui diante de todos? Não é este o príncipe? Não é este o irmão do príncipe? E este não é o rosto de Hero? Nossos olhos não são nossos?

---

14 Diana é a deusa romana da Lua e da castidade. (N. do T.)
15 Deusa do amor e da beleza na mitologia romana. (N. do T.)

LEONATO   Sim, tudo é como diz, mas do que está falando, milorde?

CLÁUDIO   Deixe-me fazer apenas uma pergunta à sua filha e, em razão da autoridade paterna e natural que o senhor tem sobre ela, peça-lhe que me responda honestamente.

LEONATO   Ordeno-lhe que assim o faça, já que se trata de minha filha.

HERO   Ó, Deus, defenda-me, pois sou atacada por todos os lados! Que espécie de questionamentos são esses?

CLÁUDIO   Quero que me responda honestamente com o seu nome.

HERO   E não me chamo Hero? Quem poderia macular esse nome com qualquer censura justa?

CLÁUDIO   Certamente quem pode fazê-lo é apenas Hero. O próprio nome Hero pode manchar sua virtude. Quem era o homem com quem você conversou na noite passada, debruçada sobre sua janela, entre meia-noite e uma da madrugada? Agora, se é realmente uma donzela, responda-me.

HERO   Não conversei com homem nenhum a essa hora, milorde.

DOM PEDRO   Ora, então não é donzela nenhuma. Leonato, sinto muito que tenha de ouvir isto: em nome da minha honra, meu irmão, este prostrado conde e eu mesmo

	vimos e ouvimos sua filha, à hora citada da noite passada, debruçada sobre a janela de seu quarto, conversando com um rufião ordinário, um libertino indecente, e confessando os vis encontros que por mil vezes ambos tiveram em segredo.
Dom João	Chega, chega, milorde, que não devemos dar nomes a esse tipo de coisas, tampouco mencioná-las. Nossa língua é casta o suficiente para se ofender ao falar de tais atos. Portanto, bela dama, sinto muitíssimo com seu absoluto desregramento.
Cláudio	Ah, Hero! Você seria como a deusa cujo nome usa[16] se metade de sua graça exterior estivesse de acordo com seus pensamentos e os conselhos do seu coração! Mas suma de minha vista, tão linda e tão sórdida. Adeus, pura impiedade e ímpia pureza! Por sua causa, hei de trancar todas as portas do amor. Que em minhas pálpebras se mantenha a suspeita que transforma toda e qualquer beleza em pensamentos nocivos, impedindo-a de mostrar sua graça.
Leonato	Por favor, nenhum homem tem uma adaga para apontá-la em minha direção?

---

16 Hero, na mitologia romana, foi uma sacerdotisa de Afrodite que se entregou a seu amado Leandro e se juntou a ele na morte para não ter que amar mais ninguém. (N. do T.)

[*Hero desmaia.*]

BEATRIZ — Ora, o que foi agora, prima? Por que desfaleceu assim?

DOM JOÃO — Vamos embora. Coisas assim, trazidas à luz dessa maneira, sufocam o espírito.

[*Saem Dom Pedro, Dom João e Cláudio.*]

BENEDITO — Como está a senhorita?

BEATRIZ — Morta, acredito. Socorro, meu tio! Hero! Vamos lá, Hero! Tio! *Signior* Benedito! Frei!

LEONATO — Ó, destino! Não tire sua mão pesada de cima de minha filha! A morte seria a mais bela coberta que se poderia desejar para uma vergonha dessas.

BEATRIZ — Está melhor, prima Hero?

FREI FRANCISCO — Console-se, senhorita.

LEONATO — Está abrindo os olhos?

FREI FRANCISCO — Sim, e por que ela não os abriria?

LEONATO — Por quê? Ora, por acaso todas as coisas sobre a terra não proclamam sua vergonha? Por acaso ela pode negar a história gravada em seu rubor? Deixe de viver, Hero, não abra os olhos, pois, se eu tivesse a certeza de que você não estava a ponto de morrer, se eu acreditasse que seu espírito pudesse ser mais forte do que sua vergonha, eu mesmo atentaria contra a sua vida, dando cabo de todas as repreensões. Por acaso sofri por ter gerado um único descendente? Reclamei do caráter frugal da natureza? Ah, apenas tive você, e já foi demais! Por que apenas uma? Por que você se mostrou sempre encantadora aos meus olhos? Por que não tomei com mãos caridosas a filha de uma mendiga à minha porta? Se essa tal filha tivesse se maculado dessa forma, envolvido-se por infâmias, eu poderia dizer: "Não tenho parte nisso, essa vergonha vem de entranhas desconhecidas". Mas ela é minha e, por ser minha, eu a amei e, minha, eu a elogiava e, minha, dela sentia tanto orgulho. Tanto que eu próprio não me sentia meu, de tanto que a tinha em alta conta. E aí está ela, caída em um poço de lama, e nem toda a imensidão do mar tem água suficiente para lavá-la e torná-la limpa novamente, nem sal suficiente para conservar sua carne podre e corrompida.

BENEDITO Meu senhor, meu senhor, seja paciente. De minha parte, estou tão perplexo que não sei o que dizer.

BEATRIZ Ah, por minha alma, minha prima foi caluniada.

BENEDITO Senhorita Beatriz, por acaso era a senhorita a criada de Hero na noite passada?

BEATRIZ Na verdade, não, apesar de ter sido sua criada de quarto nestes últimos doze meses, até a noite passada.

LEONATO Então está tudo confirmado! Ah, como fica mais forte o que já havia sido construído com barras de ferro. Por que os príncipes iriam mentir? E por que mentiria Cláudio, que a amava tanto e que, falando de sua imundície, lavou suas falas com lágrimas? Deixem-na aí, que ela morra!

FREI FRANCISCO Ouçam-me por um instante, pois fiquei quieto por tempo demais, deixando caminho para a sorte, mas sempre observando a dama. Notei mais de mil rubores lhe surgindo nas faces, mais de mil pudores inocentes em sua palidez angelical afugentando tais rubores, e em seu olhar vi aparecer um fogo, pronto a destruir as dúvidas que esses príncipes levantaram contra a sua verdade virginal. Podem me chamar de louco, não confiem em meus estudos, nem em minhas observações, que, com o selo da experiência, garantem o conteúdo do meu conhecimento. Tampouco confiem em minha idade, em minha reverência, na minha vocação, nem mesmo na divindade de meu ofício, se esta doce senhorita que

	aqui está não é inocente, vítima de um algum erro peçonhento.
LEONATO	Frei, não pode ser. O senhor mesmo viu que toda a graça divina que lhe resta é o fato de ela não haver acrescentado à sua danação o pecado de perjúrio, pois ela não nega nada. Por que, então, o senhor quer encobrir com desculpas o que aparece completamente desnudo?
FREI FRANCISCO	Senhorita, que homem é esse com quem a acusam?
HERO	Aqueles que me acusam conhecem esse homem, mas eu, não. Se eu conhecer um único homem vivo a mais do que permite minha modéstia virginal, então que todos os meus pecados fiquem sem perdão! Ah, meu pai, se o senhor conseguir provar que conversei com qualquer homem em horas impróprias, ou que ontem à noite estive trocando palavras com alguma criatura, então trate de me renegar, de me odiar, e pode até mesmo me torturar até a morte.
FREI FRANCISCO	Os príncipes se encontram estranhamente enganados.
BENEDITO	Dois deles são a personificação da honra, e se a inteligência deles foi manipulada nessa questão, a prática dessa mentira foi arquitetada por Dom João, o Bastardo, cuja natureza se compraz em planejar vilanias.

Leonato	Não sei. Se o que falam dela for verdade, estas mãos hão de fazê-la em pedaços. Se, no entanto, mancharam-lhe a honra, o mais orgulhoso deles terá de se haver comigo. O tempo ainda não ressecou a tal ponto meu sangue, nem a idade engoliu a tal ponto minha capacidade, nem a fortuna arruinou a tal ponto os meus meios, nem minha vida infeliz me privou de tantos amigos que eu não seja capaz, devastado dessa maneira, de juntar força nos membros e perspicácia na mente, tampouco reunir os recursos necessários e os amigos certos para acabar com eles com eficiência.
Frei Francisco	Pare por um momento, e deixe meus conselhos o orientarem nessa questão. Quanto à sua filha, que os príncipes aqui deixaram como morta, esconda-a por algum tempo, e faça com que todos pensem que ela realmente morreu. Mantenha uma expressão de luto e pendure epitáfios no velho jazigo da família, cumprindo todos os rituais pertinentes a um enterro.
Leonato	E o que irá resultar disso? Tudo isso para quê?
Frei Francisco	Se algo assim for bem conduzido, há de transformar, para o bem dela, qualquer calúnia em remorso, o que já é algo bom. Mas não é com esse objetivo que

devemos tomar tão estranho caminho
neste caso. De todo esse esforço, espero o
surgimento de algo maior. Com ela morta,
como devem todos confirmar, aqueles
que receberem a notícia irão lamentar,
compadecer-se e pedir perdão por aquilo
de que a acusaram. Todos sabem que
não damos suficiente valor às coisas que
temos, enquanto delas desfrutamos, mas,
se ela nos falta ou a perdemos, então é
certo que vamos exagerar suas qualidades,
descobrindo-lhe virtudes antes ocultas
pela posse, quando tal coisa ainda era
nossa. É o que há de acontecer com
Cláudio: quando ele ouvir falar que ela
morreu em consequência de suas palavras,
a ideia da vida da senhorita Hero há de
penetrar docemente nas figuras de sua
imaginação, e cada adorável elemento de
sua existência lhe aparecerá adornado
com uma cobertura mais preciosa, uma
delicadeza mais comovente, ainda mais
cheia de vida, aos seus olhos e nos confins
de sua alma, do que quando ela estava
realmente viva. Então, nesse momento,
ele finalmente entrará em luto — se por
acaso o amor verdadeiramente chegou a
lhe atingir o fígado[17] — e desejará jamais
tê-la acusado, mesmo tendo acreditado

---

17 À época, acreditava-se que o centro do amor residia no fígado, e não no coração. (N. do T.)

na verdade de suas acusações. Siga o que digo, e não tenha dúvidas de que os acontecimentos vão moldar essa questão em uma forma ainda melhor do que quaisquer possibilidades que eu poderia prever. Mas, se tudo isso der errado e não atingirmos nosso alvo, a suposta morte da senhorita há de sufocar sua infâmia perante todos. Se nosso plano não der certo, o senhor sempre poderá mantê-la escondida, como convém à ferida reputação de sua filha, em uma vida reclusa e religiosa, longe dos olhos, línguas, mentes e injúrias de todos.

BENEDITO *Signior* Leonato, permita que o Frei o aconselhe. E, mesmo o senhor sabendo que tenho fortes laços de amor e amizade com o príncipe e Cláudio, ainda assim, por minha honra, eu agirei nessa questão com todo o sigilo e a correção com que a alma deve guiar o corpo.

LEONATO Visto que me encontro mergulhado no sofrimento, devo me agarrar a qualquer corda que me leve à superfície.

FREI FRANCISCO Faz muito bem em consentir. Agora, vamos embora. Pois, para estranhas doenças, a cura vem com estranhos remédios. Vamos, senhorita Hero, morra para viver. Talvez a data de seu casamento apenas tenha sido adiada. Tenha paciência e persevere.

[*Saem todos, menos Benedito e Beatriz.*]

BENEDITO   Senhorita Beatriz, por acaso chorou esse tempo todo?

BEATRIZ   Sim, e ainda vou chorar mais um pouco.

BENEDITO   Jamais desejaria uma coisa dessas.

BEATRIZ   Não tem motivo para desejá-lo, choro de espontânea vontade.

BENEDITO   Pode ter certeza de que acredito que sua bela prima tenha sido acusada falsamente.

BEATRIZ   Ah, de minha parte, acredito que o homem deveria retificar tal situação!

BENEDITO   Existe alguma maneira de demonstrar uma amizade dessas?

BEATRIZ   Maneira há, mas um amigo assim, não.

BENEDITO   Será que há homem capaz de fazê-lo?

BEATRIZ   É dever de um homem, mas não seu.

BENEDITO   Não há nada no mundo que eu ame tanto quanto a senhorita, não é estranho?

BEATRIZ   Tão estranho quanto todas as coisas que desconheço. Também eu poderia dizer que não amo nada tanto quanto amo o senhor, mas não acredite em mim. E, contudo, não estou mentindo. Não estou confessando nada, tampouco nego coisa alguma. Sinto tanto por minha prima.

BENEDITO   Por minha espada, Beatriz, a senhorita me ama.

BEATRIZ   Não jure por sua espada para
               depois engoli-la.

BENEDITO   Juro por minha espada que a senhorita me
               ama, e terá de engolir suas palavras quem
               disser que não a amo.

BEATRIZ   O senhor não vai engolir suas palavras?

BENEDITO   Nem mesmo com o melhor dos molhos.
               Acabo de declarar que a amo.

BEATRIZ   Ora, então, que Deus que me perdoe.

BENEDITO   De que pecado, minha doce Beatriz?

BEATRIZ   O senhor me interrompeu na
               melhor hora, pois estava prestes a lhe
               declarar meu amor.

BENEDITO   Pois então declare, com
               todo o seu coração.

BEATRIZ   Eu o amo com tanto do meu coração, que
               não me sobrou nenhum para declarar
               mais coisa alguma.

BENEDITO   Então me diga o que posso
               fazer pela senhorita.

BEATRIZ   Matar Cláudio!

BENEDITO   Ah, isso por nada deste mundo de Deus.

BEATRIZ   Está me matando com essa recusa. Adeus.

BENEDITO   Espere, minha doce Beatriz.

BEATRIZ   Já parti, embora continue aqui.
               Não há amor no senhor, assim,
               peço-lhe que me deixe ir.

BENEDITO	Beatriz.
BEATRIZ	Palavra de honra, já vou embora.
BENEDITO	Mas vamos fazer as pazes antes.
BEATRIZ	O senhor acredita ser mais fácil fazer as pazes comigo do que lutar contra o meu inimigo.
BENEDITO	E Cláudio é seu inimigo?
BEATRIZ	E por acaso não se trata de um renomado vilão, que caluniou, desprezou e desonrou minha parente? Ah, se eu fosse homem! Ora, ele a conduziu pela mão, falsamente, até o momento de andarem de mãos dadas para, então, acusá-la publicamente de uma infâmia revelada cruamente, com um rancor sem limites. Ó, Deus, se eu fosse homem, comeria o coração dele em praça pública.
BENEDITO	Ouça-me, Beatriz.
BEATRIZ	Conversando com um homem, debruçada sobre sua janela! Que história mais bem contada.
BENEDITO	Concordo. Mas, Beatriz...
BEATRIZ	A doce Hero, caluniada, difamada, arruinada.
BENEDITO	Bea...
BEATRIZ	Príncipes e condes! Certamente, um testemunho principesco, um belo conde com um belo conto, esse Conde

de Confeito, um doce galanteador, sem dúvida nenhuma! Ah, se fosse homem, eu o seria por causa dele! Ou se ao menos eu tivesse um amigo que fosse homem por minha causa! Mas a masculinidade se esvai em cortesias, o valor em cumprimentos, e os homens se transformam simplesmente no que dizem a língua deles — língua curta, ainda por cima. E um homem pode se mostrar tão valente quanto Hércules, mas só até lhe contarem uma mentira, jurando ser verdade. Não sou capaz de me tornar homem só com meu desejo, então devo morrer mulher com meu sofrimento.

BENEDITO   Espere, minha boa Beatriz.
Juro por esta minha mão que a amo.

BEATRIZ   Use sua mão por meu amor de outro modo, mas não para jurar por ela.

BENEDITO   A senhorita acredita, do fundo de sua alma, que o conde Cláudio caluniou Hero?

BEATRIZ   Sim, tão certo quanto sou dona de meus pensamentos e minha alma.

BENEDITO   Isso me basta! Dou-lhe minha palavra de que irei desafiá-lo. Beijo sua mão e me retiro. E juro por esta mão que Cláudio terá de se explicar muito bem comigo. Assim, quando ouvir falar de mim, pense também em minha pessoa.

Vá consolar sua prima. Quanto a mim,
vou tratar de dizer que ela está morta.
Então, adeus.

[*Saem ambos.*]

CENA II

[*Entram os chefes da guarda –
Corniso e Verges – e o sacristão,
paramentado, com Borracho,
Conrado e os vigias.*]

CORNISO	Toda a nossa "dissembleia" apareceu?
VERGES	Sim. Arranjem um banquinho com almofada para o sacristão!
SACRISTÃO	Quem são os contraventores?
CORNISO	Ora, esses são meu colega e eu.
VERGES	Sim, isso é certo. Nós temos a exibição para examinar.
SACRISTÃO	Mas quem são os malfeitores que devem ser examinados? Façam com que eles compareçam diante do chefe da guarda.
CORNISO	Sim, seguramente, que eles compareçam diante de mim. Qual o seu nome, meu amigo?
BORRACHO	Borracho.

CORNISO	Por favor, escreva aí "Borracho". E o seu, meu senhorzinho?
CONRADO	Eu sou um cavalheiro, meu senhor, e meu nome é Conrado.
CORNISO	Escreva aí "Mestre Cavalheiro Conrado". Caros mestres, os senhores servem a Deus?
CONRADO E BORRACHO	Sim, senhor, esperamos que sim.
CORNISO	Escreva aí que eles esperam servir a Deus. Mas escreva "Deus" antes porque — Deus nos livre — Deus tem de vir antes de vilões como esses dois! Mestres, já ficou provado que os senhores não passam de falsos vagabundos, e, daqui a pouco, já estará perto de todos pensarem assim. O que os senhores têm a dizer em sua defesa?
CONRADO	Ora, meu senhor, dizemos que não somos nada disso.
CORNISO	Um camarada muito do espertalhão, isso eu lhe asseguro. Mas podem deixar comigo, que sei lidar com esse tipinho. Chegue mais perto, senhorzinho, que quero lhe falar ao pé do ouvido, meu senhor. Estou lhe dizendo que todos pensam que os senhores são dois falsos vagabundos.
BORRACHO	Meu senhor, estou lhe dizendo que não somos nada disso.

CORNISO	Ora, fique aí do lado. Por Deus, os dois combinaram a mesma história. O senhor escreveu que eles não são nada disso?
SACRISTÃO	Chefe da guarda, o senhor não está seguindo a maneira correta de interrogar. O senhor deve chamar os vigias que os acusaram.
CORNISO	Sim, certamente, esse é o modo mais rápido. Que se apresentem os vigias. Mestres, ordeno-lhes, em nome do príncipe, que os senhores acusem esses dois.
PRIMEIRO VIGIA	Meu senhor, este homem disse que Dom João, o irmão do príncipe, era um patife.
CORNISO	Escreva aí: "Príncipe João, um patife". Ora, mas isso é a mais pura calúnia, chamar o irmão de um príncipe de patife.
BORRACHO	Chefe da guarda!
CORNISO	Por favor, meu colega, fique quieto. Eu não vou com a sua cara, já vou lhe avisando.
SACRISTÃO	O que mais os senhores ouviram de sua boca?
SEGUNDO VIGIA	Ora, ouvi que ele tinha recebido mil ducados de Dom João para acusar a senhorita Hero injustamente.
CORNISO	A maior das ladroagens que já se cometeu.
VERGES	É isso mesmo. Em nome da Santa Igreja, é isso mesmo.

SACRISTÃO	E o que mais, meu amigo?
PRIMEIRO VIGIA	Que o conde Cláudio pretendia, com suas palavras, desgraçar Hero diante de toda a assembleia, em vez de se casar com ela.
CORNISO	Ah, o patife! Só por isso você será condenado à redenção eterna.
SACRISTÃO	O que mais?
PRIMEIRO E SEGUNDO VIGIA	Isso é tudo.
SACRISTÃO	E isso já é mais, caros mestres, do que os senhores podem negar. Ainda esta manhã, o príncipe João partiu em segredo. Hero foi assim acusada e, em decorrência dessa acusação, viu-se rejeitada e acabou morrendo subitamente, de tanto sofrimento. Chefe da guarda, faça com que esses homens sejam amarrados e levados até Leonato. Irei na frente, e mostrarei o relatório do interrogatório ao *signior* Leonato.

[*Sai o sacristão.*]

CORNISO	Vamos, amarrem-nos.
VERGES	Vamos tratar de amarrar as mãos...
CONRADO	As minhas não, seu idiota!
CORNISO	Por Deus, onde se meteu o sacristão? Que ele escreva aí: "Seu idiota, o oficial

do príncipe". Vamos lá, amarrem os dois juntos. Seu lacaio perverso.

CONRADO Saia daqui! Você é um burro, um burro!

CORNISO Ora, o senhor não faz ideia de quem eu seja? Estou escutando, não está vendo minhas orelhas? Ah, o sacristão precisava estar presente, para escrever aí "um burro". Mas, mestres, lembrem-se de que sou um burro, mesmo que não esteja tudo por escrito. Não se esqueçam disso, de que sou um burro. Não, você não, seu patife, você está cheio de arrependimento, como ficará provado, com boas testemunhas. Eu sou um camarada inteligente e, além disso, um oficial e, ainda mais além, um chefe de família e, além do que está além, um belo descendente de Adão e Eva, como qualquer outro em Messina, e conheço a lei. Vá o senhor para o inferno, pois sou um cidadão de posses, e o senhor pode ir para o inferno, pois sou um camarada que tive minha parcela de perdas, e, ainda assim, tenho dois trajes completos e visto apenas o que há de mais elegante. Levem esse sujeito para longe daqui! Ah, se tivessem escrito que sou um burro!

[*Saem todos.*]

QUINTO ATO

CENA I

[*Entram Leonato e Antônio, seu irmão.*]

ANTÔNIO Se você continuar assim, vai acabar se matando, pois não é nada inteligente ficar reforçando a tristeza contra si mesmo.

LEONATO Por favor, chega de conselhos, pois eles caem em meus ouvidos inutilmente, como água em uma peneira. Não me dê mais conselhos, nem permita que outro consolo venha me deliciar os ouvidos, a não ser que se trate de desgraças comparáveis às minhas. Traga-me um pai que tenha amado tanto quanto eu sua filha, motivo de seu orgulho e de suas alegrias, e que agora esteja dominado por uma dor como a minha, e lhe peça, então, que me fale de paciência. Que sua dor venha medir o comprimento e a largura da minha, que se iguale a exaustão dele à minha, que se possa ver tanto uma como a outra, que seu pesar seja completamente semelhante ao meu, em cada linha, em cada ruga, forma e formato. Se esse sujeito for capaz de sorrir e se barbear, sussurrar em vez de gemer de dor, mandar embora a tristeza com provérbios, embebedar o infortúnio com livros, faça com que ele venha até mim, e logo, para que eu

reúna a sua paciência. Mas esse homem não
existe, porque, meu irmão, os homens sabem
aconselhar e consolar quando a dor é sentida
por outros homens. Basta-nos experimentar
uma dor assim, e se transformam em raiva
os mesmos conselhos que antes receitavam
contra a fúria, que continham a loucura
galopante com delicados fios de seda e
enganavam as feridas com a voz, e a agonia
com palavras. É certo que é dever de todo
homem pedir paciência àqueles que se
contorcem sob o peso da tristeza, mas
não há virtude nem capacidade moral que
sobreviva quando é esse mesmo homem
quem deve suportar igual fardo. Portanto,
não me dê conselhos; meu luto grita mais alto
do que suas advertências.

ANTÔNIO   Assim não se distingue homem de criança.

LEONATO   Por favor, deixe-me em paz. Sou feito de
carne e sangue, e ainda há de nascer o
filósofo que saiba como suportar com
paciência uma dor de dente, por mais que
todos eles escrevam ao estilo dos deuses e
contestem o acaso e o sofrimento.

ANTÔNIO   Não se dobre sozinho sob toda essa
injustiça. Faça com que sofram também
aqueles que o ofenderam.

LEONATO   Agora sim está falando com a razão, e
hei de fazê-lo. Meu coração me diz que
Hero foi caluniada, e isso Cláudio há de

saber, assim como também o príncipe, e
todos os que a desonraram.

*[Entram o príncipe Dom Pedro
e Cláudio.]*

ANTÔNIO	Aí vêm o príncipe e Cláudio, com toda a pressa.
DOM PEDRO	Bom dia, bom dia.
CLÁUDIO	Bom dia aos dois.
LEONATO	Escutem-me, senhores...
DOM PEDRO	Estamos com pressa, Leonato.
LEONATO	Com pressa, milorde? Ora, então adeus, milorde! Por que tanta pressa agora? Bom, dá tudo no mesmo.
DOM PEDRO	Ora, não queira brigar conosco, meu bom velho.
ANTÔNIO	Se ele pudesse limpar seu nome com uma briga, alguns de nós já estariam no chão.
CLÁUDIO	Quem sujou seu nome?
LEONATO	Ora essa, mas foi você quem me sujou o nome. Você, seu dissimulado, você! Não, nunca leve sua mão à espada, pois não tenho medo de você.
CLÁUDIO	Que maldita fosse a minha mão se causasse medo à sua velhice. Dou-lhe minha palavra de honra que o gesto de minha mão nada tinha a ver com minha espada.

LEONATO	Ora, ora, homem! Não me venha com zombarias para o meu lado. Minhas palavras não pertencem a um velhaco, tampouco a um tolo acobertado pelos privilégios da idade, que se gaba de seus feitos quando jovem ou do que faria se não fosse velho. Saiba você, Cláudio — pois faço questão de lhe dizer na cara — que difamou minha inocente filha, e também a mim, a tal ponto que sou obrigado a deixar de lado o respeito e a reverência e, com os cabelos brancos e feridos pelo tempo, desafio-o a provar que é homem. Estou afirmando que você caluniou minha filha inocente. Suas palavras infames atravessaram o coração de Hero, e ela foi enterrada com os ancestrais, em uma sepultura onde jamais repousou escândalo algum, a não ser o dela, inventado por sua patifaria!
CLÁUDIO	Minha patifaria?
LEONATO	Sim, a sua, Cláudio, é isso que afirmo.
DOM PEDRO	Meu velho, o que está dizendo não é correto.
LEONATO	Milorde, milorde, sou capaz de deixar provas disso no corpo dele, se ele assim ousar, apesar de ele ser ágil na esgrima e ativo na sua prática, pois está na primavera de sua juventude e no vigor de seu corpo.
CLÁUDIO	Fora daqui! Não vou entrar em combate com o senhor.

LEONATO   Será possível me afastar de sua pessoa?
          Você matou minha filha e, se me matar, seu
          moleque, terá enfim matado um homem.

ANTÔNIO   Ele terá matado nós dois, homens de verdade.
          Mas isso não vem ao caso, deixemos que
          ele mate um só antes. Ele que me derrote,
          que se gabe de me ter vencido. Deixem-no
          responder ao meu desafio. Venha, siga-me,
          moleque. Vamos lá, senhor moleque.
          Venha, siga-me, senhor moleque, e eu
          trato de lhe arrancar a espada. Pois sou
          um cavalheiro, e é isso que farei.

LEONATO   Irmão...

ANTÔNIO   Conforme-se, meu irmão. Deus sabe que
          eu amava minha sobrinha, e ela está morta,
          caluniada até a morte por patifes. Eles
          que ousem responder ao desafio de um
          homem, assim como eu ouso pegar uma
          serpente pela língua. Moleques, macacos,
          fanfarrões, lacaios, frouxos.

LEONATO   Meu irmão Antônio...

ANTÔNIO   Agora já está se conformando, homem?
          Sim, eu os conheço, e sei o quanto valem, até
          os últimos escrúpulos. Brigões, insolentes,
          moleques vestidos de homens, que mentem,
          traem, desdenham e difamam. Andam com
          vestes fantásticas, escondendo o horror que
          têm no interior, e berram meia dúzia de
          palavras perigosas, vangloriando-se de como

	poderiam ferir seus inimigos, se tivessem a audácia. E não passam disso.
LEONATO	Mas, meu irmão Antônio...
ANTÔNIO	Ora, isso não é assunto seu. Não se meta, deixe que eu trate disso.
DOM PEDRO	Cavalheiros, nós não queremos insultar sua paciência. Meu coração sente muito a morte de sua filha, mas o senhor tem minha palavra de honra que ela não foi acusada de nada que não fosse verdade, e tudo foi devidamente comprovado.
LEONATO	Milorde, milorde...
DOM PEDRO	Não vou ouvi-lo.
LEONATO	Não? Venha então, meu irmão, vamos embora! Eu serei ouvido.
ANTÔNIO	Ouvirão, sim, ou alguns de nós pagaremos caro por isso.

[*Saem Leonato e Antônio.*
Entra Benedito.]

DOM PEDRO	Vejam, vejam! Lá vem o homem que estávamos procurando.
CLÁUDIO	E então, *signior*, quais as novidades?
BENEDITO	Bom dia, milorde.
DOM PEDRO	Bem-vindo, *signior*. Chegou quase a tempo de apartar uma briga.

CLÁUDIO	Quase levamos um puxão de orelha de dois velhos desdentados.
DOM PEDRO	Leonato e o irmão. O que acha disso? Se tivéssemos lutado, acredito que teríamos sido jovens demais para eles.
BENEDITO	Em um combate falso não há valor verdadeiro. Vim atrás de ambos os senhores.
CLÁUDIO	Estivemos para todo lado à sua procura, pois fomos invadidos por uma grande melancolia e gostaríamos de vê-la derrotada. Seria capaz de usar sua sagacidade?
BENEDITO	Está aqui na minha cintura. Devo desembainhá-la?
DOM PEDRO	Por acaso carrega sua sagacidade ao lado do corpo?
CLÁUDIO	Nunca ninguém fez isso, ao passo que muitos a mantêm bem longe de si. Rogo-lhe que empunhe então sua sagacidade, assim como os menestréis empunham seus instrumentos, unicamente para nos divertir.
DOM PEDRO	Tão certo quanto sou honesto, está este homem pálido. Por acaso está doente ou zangado?
CLÁUDIO	Ande, coragem, homem! Se gato escaldado tem medo de água fria, você tem água fria o bastante para matar um gato.
BENEDITO	Pois, meu senhor, eu sou capaz de acabar com sua sagacidade logo de início, se acaso

	ela vier competir com a minha. Por favor, escolha outro assunto.
CLÁUDIO	Ora, essa... Deem-lhe então outra lança, pois esta está quebrada.
DOM PEDRO	Pela luz que nos ilumina, ele muda a cada instante. Acredito que esteja realmente zangado.
CLÁUDIO	Se assim está, sabe muito bem como mudar de rumo.
BENEDITO	Posso lhe falar ao pé do ouvido?
CLÁUDIO	Que Deus me livre de um desafio!
BENEDITO	O senhor agiu como um patife, não estou brincando. E vou provar o que estou dizendo em um duelo, contanto que escolha quando e com que armas quer combater. Aceite meu desafio ou vou proclamar sua covardia aos quatro ventos. O senhor matou uma doce dama, e essa morte há de recair sobre a sua cabeça. Fico aguardando uma resposta sua.
CLÁUDIO	Pois bem, irei ao seu encontro. Assim, poderei me divertir.
DOM PEDRO	O quê? Um banquete? Um banquete?
CLÁUDIO	Palavra de honra, sou-lhe grato. Ele me convidou a saborear a cabeça de um vitelo e carne de capão. Se eu não trinchar tais iguarias com cuidado, poderão dizer que minha faca não serve para nada. Será que também encontro uma bela galinha-d'angola?

Benedito	Meu senhor, sua sagacidade anda a passos lentos, com muita tranquilidade.
Dom Pedro	Vou lhe contar como Beatriz elogiou sua sagacidade um dia desses. Eu lhe disse que você tinha uma fina inteligência, ao que ela respondeu: "É verdade, bem fininha". "Não", disse-lhe, "sua cabeça é grande", e ela: "É certo, bem grande e grossa". "Não", retruquei, "uma cabeça muito boa". "Justo", disse ela, "pois não machuca ninguém". "Não", disse eu, "o cavalheiro é esperto". "Sem dúvida", disse ela, "é mesmo um espertalhão". "Não", disse eu, "ele fala muitas línguas". "Bem sei eu", ela respondeu, "pois me jurou uma coisa na segunda à noite, e prometeu o mesmo na terça de manhã; eis aí duas línguas". E ela continuou nessa toada por quase uma hora, transformando suas virtudes particulares. Ainda assim, ao fim, concluiu tudo com um suspiro, dizendo que você era o mais belo homem da Itália.
Cláudio	E, por isso, chorou de coração, e falou que nada daquilo tinha a mínima importância.
Dom Pedro	Sim, foi o que ela fez. Ainda assim, se ela não o detestasse com todas as forças, ela o amaria de todo o coração. A filha do velho nos contou tudo.
Cláudio	Tudo. Tudo e mais um pouco. Além disso, Deus o viu se escondendo no jardim.

DOM PEDRO   Mas quando é mesmo que vamos pôr os chifres de touro selvagem na tão sensata cabeça de Benedito?

CLÁUDIO   Sim, com a frase subscrita: "Aqui pode-se ver Benedito, o homem casado"?

BENEDITO   Adeus, meu rapaz, você sabe muito bem o que penso. Vou deixá-los agora com suas piadas fuxiqueiras. Os senhores estão zombando assim como os fanfarrões manejam suas espadas e, graças a Deus, suas brincadeiras não machucam ninguém. Milorde, agradeço-lhe imensamente por sua infindável cortesia, mas devo me retirar de sua presença. Seu irmão, o Bastardo, fugiu de Messina. E os senhores mataram uma doce e inocente dama. Quanto ao Senhor Imberbe aqui, ele e eu havemos de nos encontrar. Até lá, que a paz esteja com os senhores.

[*Sai Benedito.*]

DOM PEDRO   Ele está falando sério.

CLÁUDIO   Com toda a seriedade. E, garanto-lhe, por amor a Beatriz.

DOM PEDRO   E ele o desafiou.

CLÁUDIO   Com toda a sinceridade.

DOM PEDRO   Que beleza é um homem quando se despe do bom senso e sai por todo canto apenas de casaco e ceroulas!

[*Entram Corniso e Verges, acompanhados do vigia, Conrado e Borracho.*]

CLÁUDIO Vira um gigante se comparado a um macaco. Mas comparado a esse homem, qualquer macaco é um doutor.

DOM PEDRO Mas, deixemos essas conversinhas de lado... Preste atenção, meu coração, e retome a seriedade. Por acaso ele disse que meu irmão fugiu?

CORNISO Vamos lá, meu senhor. Se a justiça não conseguir domá-lo, ela nunca mais há de pesar a razão em sua balança. Já que o chamaram de hipócrita uma vez, é melhor ficar de olho.

DOM PEDRO Mas, e agora, o que é isso? Dois dos homens de meu irmão amarrados? Borracho é um deles.

CLÁUDIO Pergunte-lhes o que fizeram, milorde.

DOM PEDRO Guardas, que delitos cometeram esses homens?

CORNISO Ora, ora, meu senhor, eles cometeram perjúrio e, além disso, falaram inverdades. Em segundo lugar, são uns difamadores. Em sexto e último lugar, caluniaram uma dama e, em terceiro lugar, verificaram coisas injustas. Em resumo, são uns patifes mentirosos.

DOM PEDRO Em primeiro lugar, eu lhe pergunto o que eles fizeram. Em terceiro lugar, eu lhe pergunto quais são seus delitos. Em sexto e último lugar, por que razão eles estão detidos. Em resumo, do que o senhor os está acusando?

CLÁUDIO Corretamente raciocinado, e dentro de sua própria divisão. Palavra de honra, eis aí um significado que se apresenta com extremo refinamento.

DOM PEDRO A quem vocês ofenderam, mestres, para estarem assim amarrados à sua resposta? Este sábio chefe da guarda é engenhoso demais para que o compreendamos. Qual crime cometeram?

BORRACHO Meu doce príncipe, não me faça responder mais nada. Apenas me escute e faça com que o conde que aqui está me mate. Enganei até mesmo os seus próprios olhos. O que sua sabedoria não foi capaz de descobrir, estes tolos rasos trouxeram à luz. No meio da noite, sem querer, ouviram-me confessando a este homem como Dom João, seu irmão, incitou-me a caluniar a senhorita Hero, como o senhor e o conde foram levados até o pomar e me avistaram fazendo a corte a Margarete, vestida com as roupas de Hero, e, por fim, como o senhor a desgraçou quando deveria tê-la desposado. Registraram minha patifaria por escrito, história que prefiro selar com minha morte a ter de repeti-la uma vez mais, para minha vergonha. A dama está morta por falsas acusações, minhas

	e de meu mestre. Em suma, desejo a justa recompensa de um canalha.
DOM PEDRO	E por acaso essa fala não lhe cai no sangue como ferro em brasa?
CLÁUDIO	Bebia veneno enquanto ele falava.
DOM PEDRO	Mas foi meu irmão quem o levou a fazer isso?
BORRACHO	Sim, e me pagou regiamente pela execução do plano.
DOM PEDRO	Ele é composto e feito de traição, e fugiu assim que toda essa patifaria foi cometida.
CLÁUDIO	Minha doce Hero, agora sua imagem me aparece com a rara figura que amei desde o início.
CORNISO	Vamos, levem daqui os queixosos. A uma hora dessas, nosso sacristão já informou o *signior* Leonato acerca de toda essa questão. Mestres, não se esqueçam de especificar, no tempo e espaço devido, de que sou um burro.
VERGES	Eis aí o mestre *signior* Leonato, acompanhado do sacristão.

[*Entram Leonato e seu irmão Antônio, com o sacristão.*]

LEONATO	Qual deles é o patife? Deixem-me olhá-lo nos olhos, para que, quando notar a mesma expressão em outro homem como ele, possa evitá-lo. Qual dos dois é ele?

BORRACHO — Se o senhor deseja conhecer seu malfeitor, olhe para mim.

LEONATO — É você o escravo cujas falas mataram minha inocente filha?

BORRACHO — Sim, sou eu mesmo, e apenas eu.

LEONATO — Não, não é tão patife quanto se faz acreditar. Eis aqui um par de homens honoráveis — já que o terceiro fugiu — que têm sua parte em tudo isso. Eu lhes agradeço, ó príncipes, pela morte de minha filha. Tomem conta dela com seus altos e valorosos feitos. Se pararmos para pensar, ela foi bravamente executada.

CLÁUDIO — Não sei como lhe implorar por sua paciência e, no entanto, devo falar. Escolha o senhor mesmo sua vingança e me imponha qualquer penitência que sua imaginação possa conceber para a minha falta, mesmo que eu tenha pecado em razão de um engano.

DOM PEDRO — Por minha alma, tampouco eu. Ainda assim, para satisfazer esse bom velho, eu me dobraria sob qualquer peso que lhe agradasse.

LEONATO — Não tenho como lhes comandar que ordenem minha filha a viver, isso seria impossível. Mas lhes rogo, aos dois, que informem ao povo de Messina quão inocente ela morreu. E, se o seu amor é capaz de produzir algo em sua memória, peço-lhe que pendure um epitáfio sobre o túmulo dela, e cante para seus ossos, ainda esta

noite. Amanhã de manhã, venham ambos
à minha casa. Já que você não pôde ser
meu genro, seja então meu sobrinho. Meu
irmão tem uma filha, praticamente uma
cópia da minha descendente morta, e ela é
nossa única herdeira. Dê-lhe o direito que
deveria ter dado à sua prima, ficando assim
quitada minha vingança.

CLÁUDIO Ó, nobre senhor, sua tremenda generosidade
me traz lágrimas aos olhos. Aceito com toda
a vontade sua oferta, e o senhor pode dispor
deste pobre Cláudio, de agora em diante.

LEONATO Amanhã, então, aguardo sua chegada. Agora,
devo me retirar. Este patife deve ser levado
a se encontrar face a face com Margarete,
que, creio eu, teve parte em toda essa farsa,
aliciada por seu irmão.

BORRACHO Não, não, juro por minha alma, ela não fazia
parte do plano, nem sequer sabia o que estava
fazendo quando conversava comigo. Muito
pelo contrário, ela sempre foi justa e virtuosa
em tudo quanto dela sei.

CORNISO Além disso, meu senhor, há uma coisa
que ainda não está preto no branco. Este
reclamante aqui, o delinquente, chamou-me
de burro, e eu lhes rogo que lembrem disso
em sua punição. E também o vigia lhes ouviu
falar de um tal de Deformado. Afirmaram
que usa uma chave na orelha e tem um cacho
de cabelo pendurado nela. E, além disso, pega
dinheiro emprestado dos outros em nome

	de Deus, coisa que ele já faz há um tempão, sem nunca ter pago de volta — e, por isso, os homens ficaram de coração duro e não emprestam mais dinheiro nenhum, nem por amor a Deus. Por favor, interroguem-no quanto a essa questão também.
LEONATO	Agradeço-lhe por seus cuidados e por todo o seu honesto esforço.
CORNISO	Sua senhoria fala como um jovem dos mais reverentes e gratos, e eu agradeço a Deus pelo senhor.
LEONATO	[*Dando umas moedas a Corniso.*] Eis uns trocados por seu trabalho.
CORNISO	Deus salve as casas de caridade!
LEONATO	Agora anda, libero-o da carga de seu prisioneiro, agradecendo-lhe uma vez mais.
CORNISO	Deixo sua senhoria com um conhecido patife, e peço que o senhor mesmo o corrija, para servir de exemplo aos outros. Que Deus guarde sua senhoria, desejo guardá-lo eu também! Que Deus restitua sua saúde! Humildemente, dou-lhe licença para sair e, se acaso um feliz encontro seja desejado, que Deus o permita! Vamos, vizinho.

[*Saem Corniso e Verges.*]

LEONATO	Até amanhã de manhã, milordes. Adeus.
ANTÔNIO	Adeus, milordes. Esperamos pelos senhores amanhã.

Dom Pedro	Não havemos de faltar.
Cláudio	Esta noite, vou chorar meu luto por Hero.
Leonato	[*Para o vigia.*] Traga o senhor estes dois sujeitos. Vamos ter uma conversa com Margarete, saber como foi que ela conheceu este canalha.

[*Saem todos.*]

CENA II

[*Entram Benedito e Margarete.*]

Benedito	Por favor, minha doce senhorita Margarete, seja merecedora de minha gratidão e me ajude a ter uma conversa com Beatriz.
Margarete	O senhor então vai escrever um soneto em louvor à minha beleza?
Benedito	Em tão alto estilo, Margarete, que nenhum homem vivo lhe chegará perto, pois, para dizer a mais pura verdade, é o que a senhorita merece de verdade.
Margarete	Nenhum homem vivo me chegará perto? Mas por quê? Vou morar para sempre debaixo das escadas?
Benedito	Sua inteligência é tão rápida quanto a boca de um cão perdigueiro: captura tudo.

MARGARETE   E a sua é tão afiada quanto os floretes da esgrima: acerta, mas não fere.

BENEDITO   Uma inteligência que pode se proclamar máscula, Margarete, não fere as mulheres. Por favor, vá chamar Beatriz. Eu baixo a espada, a senhorita venceu.

MARGARETE   Pode continuar com sua espada desembainhada, já tenho meu próprio escudo.

BENEDITO   Se for usá-lo, Margarete, precisa enfiar a ponta da espada bem no meio dele, prendendo-o ali, já que a espada é uma arma por demais perigosa para as donzelas.

MARGARETE   Bom, vou chamar Beatriz para o senhor, pois imagino que as pernas dela já estejam preparadas para a sua espada.

[*Sai Margarete.*]

BENEDITO   E, por isso, virá ter comigo.

[*Começa a cantar.*]

O belo deus do amor,
Que lá no céu posta-se só,
Conhece cá este senhor,
Sabe bem que mereço dó...

O que pretendo dizer ao cantar é o que digo como amante. Nem sequer Leandro, que nadou por toda a noite por amor,

nem Troilo[18], quem primeiro empregou
bajuladores, nem um volume inteiro cheio
dos chamados cavaleiros de mentira,
cujos nomes ainda hoje figuram nos fáceis
caminhos dos versos brancos. Ora, nenhum
deles jamais ficou tão ansioso quanto eu,
que me vejo completamente perdido de
amor. Na verdade, não sei cantar esta paixão
em versos — bem que tentei. Não consigo
encontrar nenhuma rima para "minha
dama" além de "minha ama", algo inocente
demais. Para "amar" só encontro "chifrar",
rima dura demais. Para "dolo", "tolo", rima
completamente incoerente. Todos os fins
das palavras se mostram agourentos! Não,
será que não nasci sob a influência de um
astro poeta, tampouco sei fazer a corte em
termos festivos?

[*Entra Beatriz.*]

Minha doce Beatriz, estava pronta para me
encontrar assim que mandasse chamá-la?

BEATRIZ   Sim, *signior* Benedito, e partirei
assim que me pedir.

BENEDITO   Ah, então fique até esse instante.

BEATRIZ   Esse instante já chegou. Então, adeus. No
entanto, antes de partir, deixe-me ir sabendo

---

18 Leandro e Troilo são amantes fiéis míticos. (N. do T.)

por que vim, ou seja, sabendo o que se passou entre Cláudio e o senhor.

BENEDITO Nada além de palavras sórdidas. E, por isso, posso beijá-la.

BEATRIZ Palavras sórdidas não passam de fôlego sórdido, e um fôlego sórdido nada mais é do que um hálito sórdido. E o hálito sórdido fede. Por isso, devo me retirar antes de ser beijada.

BENEDITO Tão temerária é a sua inteligência, que a senhorita transformou o termo, arrancando dele qualquer sentido. Mas devo lhe dizer, sem mais rodeios, que Cláudio aceitou meu desafio, e logo vou ouvir notícias suas. Caso contrário, proclamarei aos quatro cantos que se trata de um covarde. E agora, por favor, diga-me: por qual de meus defeitos a senhorita se apaixonou primeiro?

BEATRIZ Por todos eles juntos, pois juntos eles mantêm um estado de perversidade tão político que não seriam capaz de admitir qualquer parte boa se misturando com eles. Mas, e o senhor, de minhas boas partes, por qual o senhor sofreu de amor primeiro?

BENEDITO "Sofreu de amor"! Que belo epíteto. Sim, sofri de amor, pois a amo contra a minha vontade.

BEATRIZ Contra o seu coração, imagino eu. Ai, ai, meu pobre coração! Se a senhorita o ferir por minha causa, eu hei de feri-lo por

	sua causa, pois jamais amarei aquilo que meu amigo odeia.
BENEDITO	O senhor e eu somos inteligentes demais para nos amar em paz.
BEATRIZ	Não é o que me parece, por essa confissão. Não há homem inteligente, entre vinte, que não deixe de elogiar a si mesmo.
BENEDITO	Mas que velho exemplo, Beatriz, da época em que havia bons vizinhos. Hoje, se um homem não constrói a própria tumba antes de morrer, não há de viver na memória muito além do tempo que leva para o dobrar dos sinos e o choro da viúva.
BEATRIZ	E, a seu ver, quanto tempo leva para que tais coisas findem?
BENEDITO	Ora, a meu ver, uma hora aos prantos e um quarto de hora de soluços. Por isso, é extremamente aconselhável que o sábio — se acaso o *Don* Verme, sua consciência, não fizer objeções — trate de proclamar as próprias virtudes, como faço eu acerca das minhas. Bom, chega de elogiar a mim mesmo, pessoa tao digna de elogios — de acordo com meu próprio testemunho. Mas, agora, diga-me: como vai sua prima?
BEATRIZ	Muito doente.
BENEDITO	E como vai a senhorita?
BEATRIZ	Também muito doente.

BENEDITO Sirva a Deus, ame este senhor que aqui está, e há de se restabelecer. E agora devo partir também, pois vem aí alguém com muita pressa.

[*Entra Úrsula.*]

ÚRSULA Senhorita, deve ir ter com seu tio, pois um grande tumulto está acontecendo na sua casa. Provaram que minha mestra Hero foi acusada injustamente, que o príncipe e Cláudio foram tremendamente enganados, e que Dom João — que já fugiu — foi o autor da coisa toda. A senhorita vem sem demora?

BEATRIZ O *signior* quer vir ouvir as novidades também?

BENEDITO Preferiria morar em seu coração, morrer no seu colo e ser enterrado nos seus olhos. Mas quero, sim, acompanhá-la até a casa de seu tio.

[*Saem todos.*]

CENA III

[*Entram Cláudio, o príncipe Dom Pedro e três ou quatro homens carregando tochas.*]

CLÁUDIO É esse o jazigo de Leonato?

LORDE Este mesmo, milorde.

CLÁUDIO [*Lendo o epitáfio em um rolo de pergaminho.*]

*Por línguas pérfidas veio à morte
Aquela que aqui jaz, Hero, bela dama.
Seja meu erro reparado com sua sorte
Dando-lhe agora imortal fama.
Assim, este pergaminho penduro
E, adorando-a, na tristeza perduro.*

[*Pendura o pergaminho.*]

Agora, música, cantemos seu hino solene.

[*Canta.*]

*Perdoai, Diana, grande deusa do luar,
Os assassinos de sua virgem sem-par;
Que, agora, reunidos em dor e canto,
Em torno de sua tumba derramam seu pranto.
Meia-noite, auxiliai nosso sofrer,
Ajudai-nos a suspirar e a gemer,
Com toda a força, toda a força.
Liberai, ó, tumbas, todo consorte,
Até que liberada seja a própria morte,
Com toda a força, toda a força.*

Agora, aos seus ossos desejo uma boa noite.
Executarei esse mesmo ritual todos os anos.

DOM PEDRO Bom dia, mestres. Apaguem suas tochas. Os lobos já finalizaram sua caçada e, vejam só, a suave luz do dia, diante das rodas de Febo[19], dá voltas e salpica de cinza o sonolento leste. Agradeço a presença de todos, e agora peço que se retirem. Adeus.

CLÁUDIO Tenham um bom dia, mestres, cada qual em seu caminho.

DOM PEDRO Vamos embora trocar estas vestes, para seguir, então, até a casa de Leonato.

CLÁUDIO E que Himeneu possa agora nos favorecer com filha mais afortunada do que esta, a quem entregamos a este infortúnio.

CENA IV

[*Entram Leonato, Benedito, Beatriz, Margarete, Úrsula, Antônio, Frei Francisco e Hero.*]

FREI FRANCISCO Não lhes disse que ela era inocente?

LEONATO Também são inocentes o príncipe e Cláudio, que a acusaram baseados na trapaça que o senhor ouviu. Mas Margarete teve certa culpa nisso, mesmo sem querer, como ficou claro durante o curso de toda a investigação.

ANTÔNIO Bom, fico feliz que tudo tenha se esclarecido.

---

19 Deus romano do Sol. (N. do T.)

BENEDITO · Também eu, já que fora forçado a desafiar o jovem Cláudio para um ajuste de contas acerca desse caso.

LEONATO · Bom, minha filha, e todas as nobres damas presentes, dirijam-se a outro aposento e, quando eu mandar chamá-las, voltem para cá usando máscaras. O príncipe e Cláudio juraram vir me visitar por essa hora. Você sabe o que tem de fazer, meu irmão, deve se fazer passar pelo pai da filha de seu irmão, e a dar em casamento ao jovem Cláudio.

[*Saem as damas.*]

ANTÔNIO · O que hei de fazer com toda a solenidade?

BENEDITO · Frei, acredito que precise usar de seus préstimos.

FREI FRANCISCO · Com que finalidade, *signior*?

BENEDITO · Para me compor ou descompor, um dos dois. *Signior* Leonato, sejamos sinceros, o que é sempre aconselhável: penso que sua sobrinha me vê com bons olhos.

LEONATO · Tal olhar já foi notado por minha filha, isso é bem verdade.

BENEDITO · E eu lhe retribuo com um olhar apaixonado.

LEONATO · Olhar que, acredito, o senhor deve a mim, a Cláudio e ao príncipe. Mas quais são suas intenções?

BENEDITO	Sua resposta, meu senhor, é enigmática. Mas, quanto às minhas intenções, minha vontade é que a sua boa vontade se coloque lado a lado com nossa vontade e que, ainda hoje, possamos nos unir pelos honrados laços do matrimônio. E é nessa questão, meu bom Frei, que desejo sua ajuda.
LEONATO	Meu coração está de acordo com o seu sentimento.
FREI FRANCISCO	E com a minha ajuda. Eis o príncipe e Cláudio.

[*Entram o príncipe Dom Pedro e Cláudio, e mais duas ou três pessoas.*]

DOM PEDRO	Bom dia para essa bela assembleia.
LEONATO	Bom dia, príncipe. Bom dia, Cláudio. Estamos aqui às suas ordens. O senhor continua determinado a se casar hoje com a filha de meu irmão?
CLÁUDIO	Manterei minha decisão mesmo que ela seja a mais núbia das etíopes.
LEONATO	Chame-a até aqui, meu irmão. Também está conosco o Frei, a postos.

[*Sai Antônio.*]

DOM PEDRO	Bom dia, Benedito. Ora, qual é o problema? Por que está com uma cara tão fechada, tão cheia de frigidez, tempestuosa e encoberta?

CLÁUDIO   Acredito que ele esteja pensando no touro selvagem. Vamos lá, meu rapaz, não há o que temer. Havemos de enfeitar com ouro seus chifres, e toda a Europa vai se alegrar ao vê-lo, como determinada vez a Europa[20] se alegrou ao pôr os olhos no vigoroso Júpiter, quando ele quis desempenhar o papel de um nobre animal no amor.

BENEDITO   Mas o Júpiter disfarçado de touro, meu senhor, tinha um mugido simpático, ao passo que algum touro tão estranho quanto ele cobriu a vaca do seu pai, gerando um bezerrinho em tão nobre ato, muito parecido com o senhor, pois ambos têm o mesmo balido.

[*Entram Antônio e, mascaradas, Hero, Beatriz, Margarete e Úrsula.*]

CLÁUDIO   Fico lhe devendo uma. Mas temos aí outros assuntos a tratar. Quem é a senhorita com quem devo me desposar?

ANTÔNIO   Trata-se desta aqui, e ao senhor a entrego.

CLÁUDIO   Ora, então ela é minha. Minha cara, deixe-me ver seu rosto.

---

20 Referência não ao continente, e sim à mítica princesa fenícia por quem Júpiter se apaixonou, levando-a para a ilha de Creta disfarçado como um touro branco. (N. do T.)

LEONATO   Não, isso o senhor não verá até que tenha tomado sua mão, diante do Frei, e prometido se casar com ela.

CLÁUDIO   Dê-me, então, sua mão diante deste sagrado Frei. Serei seu marido se a senhorita assim quiser.

HERO   [*Tirando a máscara.*] E, quando eu era viva, fui sua outra esposa. E, quando o senhor amou, foi meu outro marido.

CLÁUDIO   Outra Hero?

HERO   Nada mais acertado. Uma Hero morreu, mas eu continuo viva e, tão certo quanto estou viva, continuo donzela.

DOM PEDRO   A Hero de antes. Mas Hero está morta!

LEONATO   Ela morreu, milorde, mas só enquanto viveu sua calúnia.

FREI FRANCISCO   Toda essa confusão poderei acalmar. Mas só depois que os ritos sagrados terminarem, quando então lhes contarei tudo sobre a morte da bela Hero. Neste meio-tempo, deixem que toda a surpresa lhes pareça ordinária, e vamos logo para a capela.

BENEDITO   Calma lá com o andor, Frei. Qual destas damas é Beatriz?

BEATRIZ   [*Tirando a máscara.*] Quem responde a esse nome sou eu. O que quer comigo?

BENEDITO   A senhorita não me ama?

BEATRIZ   Ora, não, não mais do que é razoável.

BENEDITO Ora, então seu tio, o príncipe e Cláudio foram todos enganados, pois prometeram que a senhorita me amava.

BEATRIZ E, o senhor, não me ama?

BENEDITO Palavra de honra que não, não mais do que é razoável.

BEATRIZ Ora, mas então minha prima, Margarete e Úrsula também foram enganadas, pois juraram que sim.

BENEDITO Elas juraram que a senhorita estava quase doente de amor por mim.

BEATRIZ Elas juraram que por pouco o senhor não morre de amor por mim.

BENEDITO Nada disso importa. Então a senhorita não me ama?

BEATRIZ Na verdade, não, a não ser em amigável retribuição.

LEONATO Ora, vamos, prima, tenho certeza de que ama o cavalheiro.

CLÁUDIO E eu posso jurar que ele a ama, pois tenho comigo um papel, com um ultrajante soneto escrito com sua caligrafia, tirado de seu próprio cérebro, e feito para Beatriz.

HERO E eis aqui outro, escrito com a letra de minha prima, roubado de seu bolso, contendo todo o seu afeto por Benedito.

BENEDITO Trata-se de um milagre! Nossas próprias mãos foram contra nosso coração. Venha comigo, que eu a terei para mim. Mas, por esta luz que nos ilumina, vou ficar com a senhorita por pura piedade.

BEATRIZ   Não quero rejeitá-lo, porém, em vista deste belo dia, devo ceder a toda essa sua insistência — em parte, para salvar sua vida, pois me disseram que o senhor estava definhando de amor.

BENEDITO   Paz! Vou lhe tapar a boca.

[*Beija-a.*]

DOM PEDRO   Como vai então Benedito, o homem casado?

BENEDITO   Vou lhe dizer uma coisa, príncipe. Toda uma escola de zombeteiros metidos a espirituosos não conseguiria acabar com o meu bom humor. Por acaso está pensando que me importo com uma sátira ou um epigrama? Não, se um homem se deixa abater por palavras iluminadas, não lhe é necessário nem ao menos cuidar da aparência. Em suma, já que estou disposto a casar, não vou pensar em nada neste mundo que se mostre contra o casamento. Assim, parem de caçoar de mim pelo que disse acerca do matrimônio, pois o homem é algo volúvel, e esta é minha conclusão. Quanto a você, Cláudio, pensei que iria vencê-lo em um duelo, mas, já que será meu parente, deve viver livre de machucados e amar minha prima.

CLÁUDIO   Bem que eu gostaria que tivesse rejeitado
                    Beatriz, só para eu ter o prazer de lhe
                    arrancar a tapas de sua vida de solteiro,
                    transformando-o em homem de duas
                    palavras, o que certamente há de se
                    tornar, se acaso minha prima não ficar
                    de olho em você.

BENEDITO   Ora, vamos, somos amigos. Vamos dançar
                    antes de nos casar, para assim aliviar nosso
                    próprio coração, e os pés de nossas mulheres.

LEONATO   Teremos baile mais tarde.

BENEDITO   Estou dizendo que devemos dançar agora!
                    Assim, que comece a música! Príncipe, o
                    senhor está triste. Trate de se casar, case-se!
                    Não há bengala mais venerável do que aquela
                    que já vem com um chifre na empunhadura.

[Entra um mensageiro.]

MENSAGEIRO   Milorde, seu irmão João foi capturado em
                    plena fuga, e o trouxeram de volta para
                    Messina, escoltado por homens armados.

BENEDITO   Nada de pensar nele até amanhã. Hei de
                    planejar pelo senhor a punição que ele
                    merece. Gaitas, tratem de tocar!

[Começa a música.]

Impressão e Acabamento
Gráfica Oceano